悦读悦好

经典润泽心灵
文学点亮人生

一本书像一艘船
带领我们从狭隘的地方
驶向人生的无限广阔的海洋

读一本好书
点亮一盏心灯
用经典之笔
打好人生底色
与名著为伴
塑造美好心灵

经典文学
彩色美绘本
JING DIAN WEN XUE

循序渐进地
导阅读方法

中国神话故事

ZHONGGUOSHENHUAGUSHI

教育部推荐
语文新课标必读丛书

博尔／选编

权威专家亲自审订 一线教师倾力加盟

重庆出版集团 重庆出版社

图书在版编目（CIP）数据

中国神话故事 / 博尔选编. —重庆：重庆出版社，2014.12（2016.7重印）
ISBN 978-7-229-09206-1

Ⅰ.①中… Ⅱ.①博… Ⅲ.①神话–作品集–中国
Ⅳ.①I277.5

中国版本图书馆CIP数据核字(2014)第307357号

中国神话故事
博尔　选编

责任编辑：李　蓓
装帧设计：文　利

重庆出版集团
重庆出版社　出版、发行

重庆市南岸区南滨路162号1幢
邮政编码：400061　http://www.cqph.com
北京彩虹伟业印刷有限公司印刷
全国新华书店经销

开本：710mm×1000mm　1/16　印张：9　字数：110千
2014年12月第1版　2016年7月第4次印刷
ISBN 978-7-229-09206-1
定价：30.00元

如发现质量问题，请与我们联系：（010）52464663

版权所有　侵权必究

◎ 扬起书海远航的风帆 ◎
——写在"悦读悦好"丛书问世之际

阅读是中小学语文教学的重要任务之一。只有把阅读切实抓好了，才可能从根本上提高中小学生的语文水平。

青少年正处于求知的黄金岁月，必须热爱阅读，学会阅读，多读书，读好书。

然而，书海茫茫，该从哪里"入海"呢？

这套"悦读悦好"丛书的问世，就是给广大青少年书海扬帆指点迷津的一盏引航灯。

"悦读悦好"丛书以教育部制定的《语文课程标准》中推荐的阅读书目为依据，精选了六十余部古今中外的名著。这些名著能够陶冶你们的心灵，启迪你们的智慧，营养丰富，而且"香甜可口"。相信每一位青少年朋友都会爱不释手。

阅读可以自我摸索，也可以拜师指导，后者比前者显然有更高的阅读效率。本丛书对每一部作品的作者、生平、作品特点及生僻的词语均作了必要的注释，为青少年的阅读扫清了知识上的障碍。然后以互动栏目的形式，设计了一系列理解作品的习题，从字词的认读，到内容的掌握，再到立意的感悟、写法的借鉴等，应有尽有，确保大家能够由浅入深、循序渐进地掌握科学阅读的基本方法。

本丛书为青少年学会阅读铺就了一条平坦的大道，它将帮助青少年在人生的路上纵马奔驰。

本丛书既可供大家自读、自学、自练，又可供教师在课堂上作为"课本"使用，也可作为家长辅导孩子学好语文的参考资料。

众所周知，阅读是一种能力。任何能力，都是练会的，而不是讲会的。再好的"课本"，也得靠同学们亲自费眼神、动脑筋去读，去学，去练。再明亮的"引航灯"，也只能起引领作用，代替不了你驾轻舟乘风破浪的航行。正所谓"师傅领进门，修行靠个人"。

作为一名语文教育的老工作者，我衷心地祝福青少年们：以本丛书升起风帆，开启在书海的壮丽远航，早日练出卓越的阅读能力，读万卷书，行万里路，成为信息时代的巨人！

高兴之余，说了以上的话，是为序。

人民教育出版社编审
原全国中语会理事长

张定远
2014.10 北京

◎ 悦读悦好 ◎

——用愉悦的心情读好书

很多时候，我们往往是有了结果才来探求过程，比如某同学考试得满分或者第一名，大家在叹服之余自然会追问一个问题——他（她）是怎么学的？……

能得满分或第一名的同学自然是优秀的。但不要忘了，其实我们自己也很优秀，我们还没有取得优异成绩的原因可能是勤奋不够，也可能是学习意识没有形成、学习方法不够有效……

优秀的同学非常注重自身的修炼，注意培养良好的学习习惯和学习能力，尤其是总结适合自己的学习方法和学习途径。阅读是丰富和发展自己的重要方法和途径，阅读可以使我们获得大量知识信息，丰富知识储量，阅读使我们感悟出更多、更好的东西——我们在阅读中获得、在阅读中感悟、在阅读中进步、在阅读中提升。

为帮助广大学生在学习好科学知识、取得理想的学业成绩的同时，还能培养良好的学习意识和学习能力、构建科学的学习策略，形成属于自己的学习方法和发展路线，我们聘请全国教育专家、人民教育出版社语文资深编审张定远、熊江平、孟令全等权威专家和一批资深教研员、名师、全国著名心理学咨询师联袂打造本系列丛书——"悦读悦好"。丛书精选新课标推荐名著，在构造上力求知识性、趣味性的统一，符合学生的年龄特点、阅读习惯和行为习惯。更在培养阅读意识、阅读方法、能力提升上有独特的创新，并增加"悦读必考"栏目以促进学生有效完成学业，取得优良成绩。

本丛书图文并茂，栏目设置科学合理，解读通俗易懂，由浅入深，根据教学需要划分为初级版、中级版和高级版三个模块，层次清晰，既适合课堂集中学习，也充分照顾学生自学的需求，还适合家长辅导使用；既有知识系统梳理和讲解，也有适量的知识拓展；既留给学生充分的选择空间，也充分体现新课改对考试的要求，是一套有价值的学习读物。

没有最好，只有更好。本套丛书在编撰过程中，得到教育专家、名师的广泛关注指导，广大教师和同学们的积极支持参与，对此我们表示最真诚的感谢！我们将热忱欢迎广大教师和学生给我们提出宝贵意见，以便再版时丰富完善。

"悦读悦好"编委会

功能结构示意图

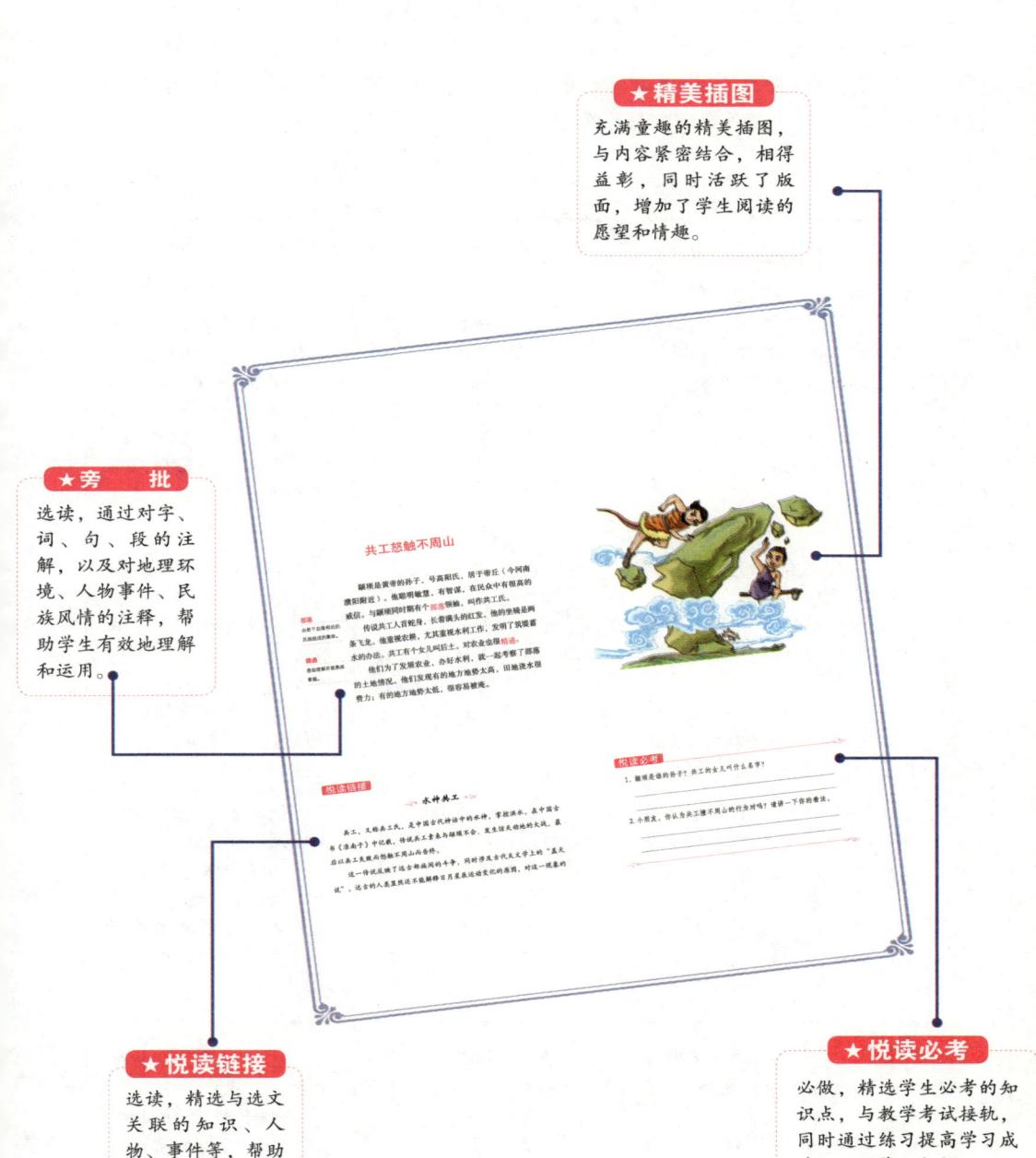

★ 精美插图
充满童趣的精美插图，与内容紧密结合，相得益彰，同时活跃了版面，增加了学生阅读的愿望和情趣。

★ 旁批
选读，通过对字、词、句、段的注解，以及对地理环境、人物事件、民族风情的注释，帮助学生有效地理解和运用。

★ 悦读链接
选读，精选与选文关联的知识、人物、事件等，帮助学生更好地理解选文，拓宽视野。

★ 悦读必考
必做，精选学生必备的知识点，与教学考试接轨，同时通过练习提高学习成绩，强化学习能力。

"悦读悦好"系列阅读计划

在人的一生中,获得知识离不开阅读。可以说阅读在帮助孩子学习知识、掌握技能、培养能力、健康成长等方面都有着重要的不可或缺的作用。阅读不仅仅帮助孩子取得较好的考试成绩,而且对孩子各种基础能力的提高都有重大的意义。培养孩子的阅读兴趣和养成良好的阅读习惯、掌握有效的阅读技能是教育首先要解决的重大课题之一。为此,我们为学生制订了如下科学合理的阅读计划。

学 段	阅读策略	阅读推荐	阅读建议
1~2年级	适合蒙学,主要特点是韵律诵读、识字、写字和复述文段等。 目标:初步了解文段的大致意思、记住主要的知识要点。	适合初级版。 《三字经》 《百家姓》 《声律启蒙》 《格林童话》 《成语故事》 ……	适合群学——诵读比赛、接龙、抢答。 阅读4~8本经典名著,以简单理解和兴趣阅读为主,建议精读1本(背诵),每周应不少于6小时。
3~4年级	适合意念阅读,在教师或家长引导下,培养由需求而产生的愿望、向往或冲动的阅读行为。 目标:培养阅读兴趣,养成良好的阅读习惯。	适合初级版和中级版。 《增广贤文》 《唐诗三百首》 《十万个为什么》 《少儿百科全书》 《中外名人故事》 ……	适合兴趣阅读和群学。 阅读8~16本经典名著,以理解、欣赏阅读为主,逐步关注学生自己喜欢或好的作品,每周应不少于6小时。
5~6年级	适合有目的的理解性阅读,主要特点依据教学和自身的需要选择合适的阅读材料。 目标:逐步培养阅读能力,培养学习意志和初步选择意识。	适合中级和高级版。 《柳林风声》 《尼尔斯骑鹅旅行记》 《海底两万里》 《鲁滨孙漂流记》 《钢铁是怎样炼成的》 ……	适合目标性阅读和选择性阅读。 选择与教学关联为主的阅读材料;选择经典名著并对经典名著有自己的理解和偏好。每周应不少于10小时。
7~9年级	适合欣赏、联想性和获取知识性阅读。 学生的人生观、世界观和价值观日渐形成,通过阅读积累知识、提高能力、理解反思,达成成长目标。	适合中级和高级版。 《论语》 《水浒传》 《史记故事》 《爱的教育》 《三十六计故事》 ……	适合鉴赏和分析性阅读。 适当加大精读数量,培养阅读品质(如意志、心态等),形成分析、反省、质疑和批判性的阅读能力。

目录 MU LU

盘古开天地……………… 001

女娲补天………………… 004

后羿射日………………… 006

煮海治龙王……………… 010

洛水女神宓妃…………… 013

夸父追日………………… 016

嫦娥奔月………………… 019

大禹治水………………… 022

年的故事………………… 025

共工怒触不周山………… 028

女娲造人………………… 031

神农尝百草……………… 035

愚公移山………………… 038

"轩辕"的由来………… 041

黄　帝…………………… 044

黄帝与十二生肖………… 047

黄帝大战蚩尤…………… 050

天狗吃月亮……………… 054

盘瓠与高辛少女………… 057

伏羲教打鱼……………… 060

牛郎织女………………… 063

MU LU

百鸟之王少昊…………… 066

大禹出世………………… 069

沉香救母 ………………… 072

后稷的传说……………… 076

金江圣母三姐妹………… 080

仓颉造字………………… 083

廪君与盐水女神………… 086

神女瑶姬………………… 090

望帝化鹃………………… 094

妈　祖…………………… 097

张羽煮海………………… 100

龙女拜观音……………… 103

北斗七星的由来………… 107

鲤鱼跳龙门……………… 110

水火不相容的由来……… 114

摇钱树和聚宝盆………… 117

山鹰遮阴鹿喂奶………… 122

湘妃竹的由来…………… 126

配套试题………………… 130

参考答案………………… 133

盘古开天地

　　万物之初，一只"鸡蛋"包着整个宇宙。"鸡蛋"里是一片混沌，没有天地，没有日月星辰，更没有人类生存。可是，在这片混沌黑暗之中，却孕育了创造世界的盘古。

　　盘古在这只大"鸡蛋"里胳膊一伸，腿脚一蹬，大"鸡蛋"就被撑碎了。可是，他睁大眼睛一看，上下左右，四面八方，依然是漆黑一团。盘古急了，抡起拳头就砸，抬起脚就踢。

　　盘古两晃荡、三晃荡，紧紧缠住盘古的混沌黑暗，就慢慢地分离了。较轻的一部分便飘动起来，冉冉上升，变成了天空；而较重的一部分则渐渐沉降，变成了大地。

　　为了防止天空下沉，盘古就手撑天、脚踏地，努力地不让天压到地面上。日复一日，年复一年，光阴过去了一万八千年。

　　这中间，盘古吃的只是飘进他嘴里的雾，他从不休息。天地被他撑开了九万里，他也长成了一个高九万里

混沌
天地模糊一团的状态。

孕育
妊娠时胚胎在子宫中发育。

冉冉
慢慢地。

光阴
明亮与阴暗，白昼与黑夜。指日月的推移。常用以表示时间。

悦读悦好
YUEDUYUEHAO

的巨人。

　　天终于高高定位在大地的上方，而盘古却感到疲惫不堪。他断定天地之间已经有了相当的距离，他可以躺下休息了，不必担心天会塌下来压碎大地了。

　　于是盘古躺下身来，睡着了。盘古开天辟地，耗尽了心血，流尽了汗水。在睡梦中他还想着：光有天空、大地不行，还得在天地间造个日月山川、人类万物。可是他已经累倒了，再也不能亲手造这些了。最后，他想：把我的身体留给世间吧。

　　于是，盘古的头变成了东山，他的双脚变成了西山，他的身躯变成了中山，他的左臂变成了南山，他的右臂变成了北山。这五座山确定了四方形大地的四个角和中心。它们像巨大的石柱一样耸立在大地上，各自支撑着天的一角。

　　盘古的左眼，变成了太阳，右眼变成了月亮。他的头发和眉毛，变成了天上的星星。他嘴里呼出来的气，变成了风和云雾，使得万物得以生长。他的声音变成了雷霆闪电。

疲惫不堪
形容非常疲乏。疲惫，极度疲乏。不堪，不能忍受。

支撑
顶住物体使不倒塌。

他的肌肉变成了大地的土壤，筋脉变成了道路。他的手足四肢，变成了<u>崇山峻岭</u>，骨头、牙齿变成了埋藏在地下的金银铜铁、玉石宝藏。

崇山峻岭
高大陡峭的山岭。

他的血液变成了滚滚的江河，他的汗水变成了雨和露，他的汗毛变成了花草树木，他的精魂变成了鸟兽虫鱼。从此，天上有了日月星辰，地上有了山川树木、鸟兽虫鱼。

天地间才有了世界最初的样子。

悦读链接

盘古开天辟地歌

盘古开天地，造山坡河流，划洲来住人，造海来蓄水。

盘古开天地，分山地平原，开辟三岔路，四处有路通。

盘古开天地，造日月星辰，因为有盘古，人才得光明。

这首歌中的盘古已被神化，具有超人的神奇力量，为人类开辟天地，并带来光明。

悦读悦好

悦读必考

1. 用文中词语填空。

   黄河是我们的母亲河，它_____了中华儿女。

2. 小朋友，请问盘古的身体最后分别变成了什么？

   _____

3. 小朋友，你还听说过盘古的什么故事？请给身边的小伙伴们讲一下。

   _____

女娲补天

传说天上的女神女娲，用泥土做成了一个个的泥娃娃，再赋予它们生命。从此女娲创造了人，人类世世代代繁衍生息，过着幸福的生活。

然而，好景不长。忽然有一天，水神共工和火神祝融打了起来，他们从天上一直打到地下，闹得到处都不安宁，最后这场仗祝融打胜了，但败了的共工心中并不服气，他一怒之下，一头撞向了不周山。

这一撞不要紧，把不周山给撞塌了，支撑天地之间的大柱折断了，天塌下去了半边，出现了一个大窟窿；

繁衍
繁殖衍生，逐渐增多。

地也裂成一道道大裂纹；山林起了大火，洪水从地底下喷涌出来，龙蛇猛兽也出来吞食人类。人类面临着空前的大灾难。

女娲目睹人类遭受如此奇祸，感到无比痛苦。为了解救人类，她决定采石补天，以阻止这场灾难。

女娲选用各种各样的五色石子，架起火来将它们熔化成浆，用这种石浆将残缺的天窟窿填好，随后又斩下东海神龟的四脚，当作四根柱子把倒塌的半边天支起来。

女娲还擒杀了残害人类的黑龙，止住了龙蛇的嚣张气焰。最后为了堵住洪水，使它不再漫流，女娲还收集了大量芦草，把它们烧成灰，填塞向四处铺开的洪流。

经过女娲一番辛劳地整治，苍天总算补上了，地也填平了，水也止住了，龙蛇猛兽全都敛迹了，天地间恢复了平静，还出现了五彩云霞。一切生物又都生机勃勃地出现在大地上。人们又重新过上了安乐的生活。

残缺
不完整，部分缺损。

嚣张
邪恶的势力、不良的风气增长，放肆。

敛迹
隐蔽形迹，不敢露面。

悦读链接

不周山

不周山是古代传说中的山名。不，表否定；周，周全，完整；山，高于地平面的自然隆起。不周山，就是不完整的山。

不周山最早见于《山海经·大荒西经》："西北海之外，大荒之隅，有山而不合，名曰不周。"王逸注《离骚》、高周注《淮南子·道原训》均考证不周山在昆仑山西北。不周山具体在哪里有多种说法，最常见的说法是帕米尔高原。

相传不周山是人界唯一能够到达天界的路径，但不周山终年寒冷，长年飘雪，不是凡夫俗子能徒步到达的地方。

悦读必考

1. 写出下列词语的近义词和反义词。

   痛苦：近义词（　　　）　　　　反义词（　　　）

   平静：近义词（　　　）　　　　反义词（　　　）

2. 小朋友，请问是谁把不周山撞塌，使天出现了个窟窿？女娲用什么把天窟窿补好的？

   _____

后羿射日

很久很久以前，天空中曾经一起出现十个太阳。

太阳们的母亲是东方天帝的妻子。她常把十个孩子放在最东边的东海里洗澡。洗完澡后，它们像小鸟那样栖息在一棵大树上，因为每个太阳的中心都是只鸟。九个太阳依次栖息在长得较矮的树枝上，另一个太阳则栖息在树梢上，每夜一换。

那时候，人们在大地上生活得非常幸福。人们按时作息，日出而耕，日落而息，生活美满。人和动物彼此相依相偎，互相尊重对方。人们非常感恩太阳给他们带来了时辰、光明和欢乐。

可是，有一天，这十个太阳想：要是它们一起周游天空，肯定很有趣。于是，当黎明来临时，十个太阳一起踏上了穿越天空的旅程。这一下，大地上的人们和万物就遭殃了。十个太阳像十个火团，它们一起放出的热量烤焦了大地。

森林着火了，烧成了灰烬，烧死了许多动物。河流干枯了，大海也干涸了。许多人和动物渴死了。农作物和果树枯萎了，供给人和家畜的食物也断绝了。一些人出门觅食，被太阳的高温活活烤死了；另外一些人则成了野兽的食物。人们在火海里挣扎着生存。

栖息
歇息。

周游
到各处游历，走遍。

灰烬
物品燃烧后的剩余物。

枯萎
因干枯而萎缩。

悦读悦好

这时，有个年轻英俊的英雄叫作后羿，他是个神箭手，他看到人们生活在苦难中，便决心帮助人们脱离苦海，射掉那多余的九个太阳。

于是，后羿历尽千辛万苦来到了东海边。他一箭射去，第一个太阳被射落了。后羿又拉开弓弩，搭上利箭，同时射落了两个太阳。接着，后羿又射出了第三支箭。这一箭射落了第四个太阳。

就这样，后羿一支接一支地把箭射向太阳，射掉了九个太阳。中了箭的九个太阳无法生存下去，一个接一个地死去。

第十个太阳害怕极了，很快就躲进大海里去了。

天上没有了太阳，世界立刻陷入了一片黑暗。万物得不到阳光的照射，毒蛇猛兽到处横行，人们无法生活下去了。他们便请求天帝，唤第十个太阳出来，让人类万物繁衍下去。

弓弩
弓和弩。

横行
依仗暴力做坏事。

一天早上，东边的海面上，透射出五彩缤纷的朝霞，接着一轮金灿灿的太阳露出海面来了！

人们看到了太阳的光辉，高兴得**手舞足蹈**，齐声欢呼。从此，这个太阳每天从东方的海边升起，万物得以生存下来。

> **手舞足蹈**
> 手臂和双足皆在挥舞跳动的样子。形容情绪高涨到极点。

悦读链接

有关嫦娥的民间传说

嫦娥吃了丈夫后羿从西王母那儿偷来的不死之药后，飞到月宫。但琼楼玉宇，高处不胜寒，所谓"嫦娥应悔偷灵药，碧海青天夜夜心"，正是她倍感孤寂的心情的写照。

嫦娥向后羿倾诉懊悔后，又说："平时我没法下来，明天乃月圆之夜，你用面粉做丸，团团如圆月形状，放在屋子的西北方向，然后再连续呼唤我的名字。到三更时分，我就可以回家了。"

第二天，后羿照嫦娥的吩咐去做，嫦娥果然由月中飞来，夫妻重圆，中秋节做月饼供嫦娥的风俗，也由此形成。

悦读必考

1. 仿写句子。

   河流干枯了，大海也干涸了。

2. 小朋友，很久以前天上有几个太阳？是谁把太阳射了下来？

_____

_____

煮海治龙王

黄灿灿
形容金黄而鲜艳的颜色。

不知是哪朝哪代，舟山西南面的一个小岛上遍地埋着黄灿灿的金子，所以人们称它为"金藏岛"。

后来，这藏满金子的岛被东海龙王知道了。他为了独吞这块宝地，竟调遣龙子龙孙、虾兵蟹将，直向金藏岛扑来。眨眼间，恶浪滔天，狂风大作，金藏岛上树倒屋塌，一派凄惨的景象。

愤愤不平
心中不服，为之十分气恼。

金藏岛东面有座纺花山，山上住着一位纺花仙女，她目睹东海龙王残害百姓，心中愤愤不平。于是，她手拿神帚，朝海面轻轻一拂，漫上山来的滚滚潮水就向后倒退了。金藏岛上幸存的男女老少，都纷纷逃往纺花山避难。

纺花仙女摇身一变，化作一个百岁阿婆，对大家说："龙王水淹金藏，黎民百姓遭殃。若要保住金藏，随我把花来纺。纺花织成渔网，下海斗败龙王！"

中国神话故事

　　大家听了她的话，都来纺花织网，织出了一个九九八十一斤重的金线渔网。

　　渔网织成了，派谁下海去跟龙王决斗呢？这时，人群中跳出一个叫海生的小孩，说："我去！"

　　于是，纺花仙女拿出一套金线衣，给海生穿上，又向海生传授了斗龙的秘诀。海生穿上金线衣，说了声："大！"一下子就变成了一个力大无穷、顶天立地的巨人。

　　他拿起那顶金线渔网，奔下纺花山，跳进了汪洋大海。接着，海生取出金线网往下一抛，说声："大！"第一网收起，就擒住了东海龙王的护宝将军狗鳗精。他开心极了，命令狗鳗精快快交出煮海锅来。被罩在网中的狗鳗精为了活命，只得带着海生到东海龙宫的百宝殿拿了煮海锅。

　　海生和大家一道按照纺花仙女的指点，在海边支起煮海锅，舀来一勺东海水，烧旺一堆干柴火，煮了起来。

传授

讲解、教授学问、技艺。

顶天立地

头顶青天，脚立在地上。形容形象高大，气概雄伟豪迈。

三炷香过后，东海龙王被煮得浮出水面，后面跟着一帮**气喘吁吁**、直喊饶命的龙子龙孙、虾兵蟹将！东海龙王急忙下令潮退三尺，浪息三丈。

谁知，等海生端开锅，熄了火，东海龙王又突然涨潮鼓浪，一个浪头将煮海锅卷得无影无踪了。

海生急得直跺脚。这一脚非同小可，跺得地动山摇！所有埋藏在地下的金子，都被海生跺了出来，纷纷飞向海岸，落在滩头，眨眼之间，金藏岛成了金光闪闪的大海塘，任凭潮涌浪翻，金塘**巍然**屹立、纹丝不动。

自此以后，东海龙王再也不敢来**兴风作浪**，黎民百姓也可安享太平，而金藏岛也被人们改称为"金塘岛"了。

气喘吁吁
发出类似呼哧呼哧喘息声的声音。

巍然
高大雄伟的样子。

兴风作浪
掀起事端，无事生非。

悦读链接

四海龙王

四海是指东、南、西、北四海，但四海龙王的名字却有不同的说法。

《封神榜》里讲到，东海龙王名为敖光，南海龙王名为敖明，西海龙王名为敖顺，北海龙王名为敖吉。

明代徐道《历代神仙通鉴》中四海龙王的名号又有所不同：东海，沧宁德王敖广；南海，赤安洪圣济王敖润；西海，素清润王敖钦；北海，浣旬泽王敖顺。

悦读必考

1. 注音。

    (　　)　　　(　　)　　　(　　)

    巍然　　　　屹立　　　　调遣

2. 小朋友们，东海龙王掠夺"金藏岛"时，是谁救了大家？

_____

洛水女神宓妃

英雄后羿失去了爱妻嫦娥，失去了长生不老药，他十分愤怒，随

邂逅
不期而遇。

门当户对
指婚嫁的男女双方家庭条件和各方面都般配。

新婚燕尔
极言新婚欢乐。

狂妄自大
指极其放肆，自高自大，目中无人。狂妄，极端的自高自大。

寂寞
冷清孤单，清静。

之而来的则是痛苦、消沉，直到在洛水之滨邂逅了洛神宓妃。

宓妃是东方木德之帝伏羲的女儿，在渡洛河时覆舟淹死，成了洛神。她长得很美，由于与黄河之神河伯门当户对，就顺理成章地结为夫妇。

新婚燕尔，河伯陪伴宓妃乘坐龙挽荷盖的水车，腾波冲浪，从下游九河直上河源昆仑，流连于良辰美景，又手牵着手东行，回归新居鱼鳞屋、紫贝阙。

然而，人无千日好，花无百日红，河神易变心，爱情的火花很快就熄灭了。

河伯盼咐巫妪每年替他挑个妙龄少女做新娘，并警告两岸百姓："若不为河伯娶妇，水来淹没，溺其人民。"

宓妃内心也已经厌倦了狂妄自大的河伯，厌倦了奢靡浮华的生活，她乐得脱身返回洛水。

回到洛水后，她时而在水面拾取漂浮的翠羽，时而潜入潭心采集深藏的明珠，可夜深人静的时候，她依然会感到孤单无助，感到空虚，她需要一双有力的臂膀，需要一个温暖的怀抱。

或许是天意，后羿追逐一只羚羊来到洛水之滨，与宓妃不期而遇。他俩一个是侠骨热血的寂寞英雄，一个是柔情似水的孤独美人，彼此目光接触，便再也移不开，他俩明白，自己的另一半近在眼前。

后羿与宓妃相爱的消息传到了正享受艳福的河伯耳中，他恼羞成怒。但是他又惧怕后羿的神箭，不敢当面对决，于是化作一条白龙，探头探脑地浮在水面盯梢。

白龙出水，龙卷风起，与宓妃并骑驰骋的后羿看到百姓又要遭殃，返身一箭，射中白龙的左眼。那河伯受伤了，捂住伤口窜入河底。

独眼龙河伯哭上天庭，请求天帝杀了后羿为他报仇。天帝正为以前待后羿太不公平而有些内疚，因此不耐烦地打断了河伯的喋喋不休："你规规矩矩安居水府，谁能射你？你无端化为虫兽，当然会被人捕杀。后羿又有什么过错呢？"

河伯黯然溜回黄河，从此睁一只眼、闭一只眼，再也不出头了。

恼羞成怒
因恼恨和羞惭而发脾气。

喋喋不休
唠唠叨叨，说个没完。

悦读链接

《洛神赋》

《洛神赋》是中国三国时期曹魏文学家曹植创作的辞赋名篇。此赋虚构了作者自己与洛神的邂逅相遇和彼此间的思慕爱恋，人神之恋飘渺迷离，但由于人神殊途而不能结合，最后抒发了无限的悲伤怅惘之情。

悦读必考

1. 用原文中的词语填空。

   在城里到了晚上，马路上的路灯都亮了，五光十色非常漂亮，连天上的星月都显得（　　　）失色。

2. 解释下列词语。

   门当户对：_____

   良辰美景：_____

夸父追日

高耸入云
形容建筑物、山峰等高峻挺拔。

荒凉
荒芜冷落。形容旷野无人的景况。

远古时候，在北方荒野中，有座巍峨雄伟、高耸入云的高山。在山林深处，生活着一群力大无穷的巨人。他们的首领是夸父，因此这群人就被称作夸父族。他们身强力壮，心地善良，勤劳勇敢，过着与世无争的日子。那时大地上一片荒凉，人们生活凄苦。夸父为让本部落的人能够活下去，每天都率领众人跟洪水猛兽搏斗。

有一年，天气非常炎热，火辣辣的太阳烤死了庄稼，晒焦了树木，河流都干枯了，人们热得纷纷死去。

夸父看到这种情景很难过，他告诉族人："太阳实在是太可恶了，我要追上太阳，捉住它，让它听人的指挥。"族人听后纷纷劝阻，可是夸父心意已决。

太阳刚刚从海上升起，夸父就告别族人，从东海边向着太阳升起的方向，大步追去，开始他逐日的征程。太阳在空中飞快地移动，夸父在地上如疾风似的拼命地追呀追。

他穿过一座座大山，跨过一条条河流，大地被他的脚步震得轰轰作响，来回摇摆。夸父跑累的时候，就微微打个盹，将鞋里的土抖落在地上，于是形成了大土山。饿的时候，他就摘野果充饥，有时候夸父也煮饭。他用三块石头架锅，这三块石头，就成了三座鼎足而立的高山，有几千米高。

夸父追着太阳跑，眼看离太阳越来越近，他的信心越来越足。但越接近太阳，他就渴得越厉害。不过，他没有害怕，并一直

告别
离别，辞别。

征程
征途。

充饥
吃东西解饿。

信心
相信自己的愿望或预料一定能够实现的心理。

欢欣
欢喜欣悦。

纵横
竖和横互相交错。

牵挂
因放心不下而想念，挂念。

精力充沛
形容精力旺盛，充满活力。

鼓励着自己。

　　经过九天九夜，在太阳落山的地方，夸父终于追上了它。夸父无比欢欣地张开双臂，想把太阳抱住。

　　可是太阳炽热异常，夸父感到又渴又累。他就跑到黄河边，一口气把黄河里的水喝光了；他又跑到渭河边，把渭河的水也喝光了，但仍不解渴；夸父又向北跑去，那里有纵横千里的大泽，大泽里的水足够夸父解渴。但是，夸父还没有跑到大泽，就在半路渴死了。

　　夸父临死时，心里还牵挂着自己的族人，于是将自己的木杖扔出去。木杖落下的地方，顿时长出一大片郁郁葱葱的桃林。这片桃林为往来的过客遮阳，结出的鲜桃为勤劳的人们解渴，让人们能够消除疲劳，精力充沛地踏上旅程。

悦读链接

夸父死后

　　夸父死后，他的身体变成了一座大山。这就是"夸父山"，据说位于现在河南省灵宝县西三十五里灵湖峪和池峪中间。夸父死时扔下的手杖，也变成了一片五彩云霞一样的桃林。桃林的地势险要，后人把这里叫作"桃林寨"。

　　神所感动，惩罚了太阳。从此，他的部族年年风调雨顺。夸父的后代子孙居住在夸父山下，生儿育女，繁衍后代，生活得非常幸福

悦读必考

1. 比一比，再组词。

   荒（   ）　　摆（   ）　　厉（   ）

   慌（   ）　　罢（   ）　　励（   ）

2. 仿写句子。

   夸父追着太阳跑，眼看离太阳越来越近，他的信心越来越足。

   _____

嫦娥奔月

后羿射日立下了大功，受到了老百姓的敬仰和爱戴，很多志士都慕名前来向他学习技艺。就在此时，奸诈刁钻、**心术不正**的逢蒙也混了进来。

不久，后羿就娶了个美丽善良的妻子，名叫嫦娥。后羿除了传艺狩猎之外，整天都和妻子在一起，两个人十分恩爱，人们也都十分羡慕这对**郎才女貌**的恩爱夫妻。

一天，后羿到昆仑山访友求道，刚好遇到由此经过的王母娘娘，便向王母求得了一包不死药。据说，服下

心术不正
人的心地不正派，居心不良。

郎才女貌
形容青年男女才貌般配。

悦读悦好

即刻
立即，马上，在很短时间之内。

心怀鬼胎
比喻怀着不可告人的想头。

当机立断
抓住时机，果断地做出决定。

此药，能即刻升天成仙。然而，后羿舍不得撇下妻子，只好暂时把不死药交给嫦娥保存。嫦娥便将药藏进梳妆台的百宝匣里，不料这一幕却被心术不正的逢蒙看到了。

几天以后，后羿率众徒外出狩猎，心怀鬼胎的逢蒙就假装生病，留了下来。等到后羿率众人走后不久，逢蒙便手持利剑闯入内宅后院，威逼嫦娥交出不死药。

嫦娥知道自己不是逢蒙的对手，危急之时她当机立断，转身打开百宝匣，拿出不死药一口吞了下去。嫦娥吞下药之后，身子立刻飘离地面，冲出窗外，飞向天空。由于嫦娥牵挂丈夫，便飞落到离人间最近的月亮上成了仙。

傍晚，后羿回到家后，侍女们哭着向他讲述了白天发生的事。后羿既惊又怒，拿着剑要去杀恶徒，而逢蒙早就逃走了。后羿仰望着夜空，呼唤着嫦娥的名字。

这时他突然发现，当晚的月亮格外皎洁明亮，而且里面有个晃动的身影酷似嫦娥。后羿急忙派人到嫦娥喜爱的后花园里，摆上香案，放上她平时最爱吃的食物，遥祭在月宫里眷恋着自己的嫦娥。

悦读链接

月宫不清冷

相传远古时，嫦娥吞服长生不老药后奔到月宫。

吴刚在凡间本为樵夫，醉心于仙道，但始终不肯专心学习，因此天帝震怒，把他居留在月宫，并说："如果你砍倒桂树，就可获得仙术。"但是，吴刚每砍完一段时间，桂树便会自动愈合。日复一日，吴刚伐桂的愿望仍未达成，而他也不断地砍下去。

又传有位神仙变成一个可怜的老人，向狐狸、猴子、兔子求食，狐狸与猴子都有食物可以济助，唯有兔子束手无策。后来兔子说："你吃我的肉吧。"就跃入烈火中，将自己烧熟。神仙大受感动，把兔子送到月宫内，成了玉兔。

玉兔、吴刚、嫦娥从此在月宫过着冷清的生活，人间只留下他们的无数传说。

悦读必考

1. 用文中的词语填空。

   在这个寂静的夜晚，他抬头_____着天空，_____的月光洒在他的脸上。

2. 小朋友，是谁给后羿的不死药？

   _____

大禹治水

据说中国在古代闹过一次大水灾，那次水灾水势浩大，造成了严重的灾害。

当时，大地一片汪洋，庄稼淹没了，房屋冲塌了，人们扶老携幼，都逃到山上或大树上去。

有的人虽然逃到了山上或树上，但因为经不起风吹雨打，特别是找不到食物，不久就冻死、饿死了。有些人虽然侥幸逃到了比较大的山上，可以到山洞栖身，或用树枝、树叶搭起棚子躲避风雨，用树皮、野菜充饥，暂时维持生命，但人多树少，各种毒蛇猛兽也因逃避洪水上了山，威胁人类，所以每天淹死、饿死、冻死，以及被野兽毒蛇侵害而死的人，不可胜数。

这时，人们苦苦地哀告天帝，祈求他击退洪水，将人们从水深火热之中解救出来。但是高高在上的天帝，根本不把下方受害遭难的"蚁民"放在心上，对于人们的苦苦哀号，毫不理会。

人们悲惨的遭遇倒是惊动了天神鲧。他命神鸟去偷窃能阻止洪灾的息壤。息壤虽小，分量却不轻，鲧就叫来了神龟去驮，神龟将息壤放在地上，情况顿时好转。天帝知道后，就收回了息壤，处死了鲧。

扶老携幼
扶着老人，搀着小孩子。形容场面很大，人很多。

侥幸
意外获得成功或免除灾害。

中国神话故事

三年之后鲧的肚子突然裂开了,生出了天神禹。禹出生后,鲧就变成一条玄鱼游走了。

禹决定像他的父亲鲧一样去治水,但他没有去求天帝,而是率领他的部下前去治水。他们杀死了引起水灾的水神共工的部下,共工知道后,连忙逃走了。

禹主要的目的是疏通河道,许多神知道之后,都愿意帮助他,伏羲送禹一幅《八卦图》,河神冯夷送禹一幅《河图》。禹收下后就开始治水了。连帮鲧偷息壤的神龟和应龙也来助阵,使得治水进展很快。但他们到龙门时问题就大了,禹和他的部下、朋友们花了五年时间才将龙门开凿出一个豁口,使河水畅流而下。

禹的妻子生了一个儿子,叫启。禹在治水期间,曾经三次经过自己的家门,一次都没有进去过。时间一天天过去了,禹从南方走到北方,从太阳升起的地方跑到太阳落下的地方,不顾艰险劳累,一直率领人们从事治水的艰苦工作。

经过十三年,禹终于消除了水患,完成了鲧的遗愿。

疏通
清除阻塞,使水流或交通畅通。

从事
干某项事业。

遗愿
死者生前没有实现的愿望。

悦读链接

三过家门而不入

为了治水，大禹曾经有三次路过家门而不入的经历。

第一次经过家门时，大禹听到他的妻子分娩的呻吟声，还有婴儿哇哇的哭声。助手劝他进去看看，他怕耽误治水，没有进去。

第二次经过家门时，大禹的儿子正在他妻子的怀中向他招着手，这正是工程紧张的时候，他只是挥手打了下招呼，就走过去了。

第三次经过家门时，大禹的儿子已长到十多岁了，跑过来使劲把他往家里拉。大禹深情地抚摸着儿子的头，告诉他，水患还没有治理好，没空回家，然后又匆忙离开，没进家门。

大禹三过家门而不入被传为美谈，至今仍为人们所传颂。

悦读必考

1. 解释下列词语。

   威胁：_____

   维持：_____

2. 小朋友，为了帮助禹疏通河道，伏羲和冯夷送给了禹什么？

   _____

   _____

   _____

年的故事

相传很久以前，有一个叫"年"的怪兽。这个怪兽十分可怕，身子有小山那样高，长得有点像龙，又有点像麒麟。天黑以后，如果没有月亮，它就会跑出来吃人。

人们被这个怪兽吓坏了，每天都东躲西藏，没有心思耕种，很多田地都荒芜了。

天帝知道了这个情况，心想："百姓不种地，天下不就大乱了吗！"于是，他派神农老祖来人间降服"年"。

神农老祖可是"年"的克星，他抓住这个怪兽，一顿鞭打，然后把怪兽关进了监牢。这下，它就不能在人间为非作歹了。

可是，天帝的心肠太软了。过了一段时间，他觉得

东躲西藏
形容往各处躲藏。

为非作歹
做种种坏事。

悦读悦好

"年"受的惩罚也不少了,就给"年"一个恩赐,月亮每圆过十二次,就可以给它一个晚上的时间去人间吃东西,这一晚就是"年三十夜"。

"年"被关了三百六十四天,只有这一晚的自由,于是,它更加变本加厉地危害人间。有时候,它一次就能吃光整个村子的人和牲畜。因此,每到年三十夜,家家户户都彻夜不眠,点上蜡烛,说一些吉祥话相互安慰。

有一年,一个须发皆白的八十岁老人提议说:"与其每个年三十夜都提心吊胆,害怕被'年'吃掉,还不如团结一心,与它斗一斗,也许还有战胜它的机会。"众人一听,都觉得老人说得有理。

于是,那一年的年三十的夜晚,人们聚集在一起,将收集起来的青竹点燃,青竹燃烧时,发出巨大的爆裂声。"年"来到人间,看到冲天的火光,听到奇怪的巨响,吓得灰溜溜地逃跑了。

那一年,人和牲畜都毫发无损。第二天一早,人们就高兴地相互问候,以庆贺彼此没有被"年"吃掉。

据说,这就是"年"的来历。随着时间的发展,过年慢慢地成为一种传统习俗。

变本加厉
变得比原来更加严重。

提心吊胆
对事情不能放心,非常害怕。

悦读链接

麒麟和貔貅

麒麟是中国传统的祥兽，它象征着太平、长寿。古代的人们把其雄性称麒，雌性称麟。

貔貅是凶猛的瑞兽，且护主心特别强，有招财纳福、镇宅避邪的作用，它是以财为食的，能吃四方之财。民间一般用麒麟主太平长寿，用貔貅来主招财、镇宅、辟邪。

麒麟和貔貅因其深厚的文化内涵，在中国传统民俗礼仪中，被制成各种饰物和摆件供人们佩戴和安置家中，取其祈福和安佑之寓意。

悦读必考

1. 看拼音，写汉字。

   　　　wú　　　　rán　　　　chù　　　　wèi
   　荒（　）　（　）烧　　牲（　）　　安（　）

2. 用加点词语造句。

   与其每个年三十夜都提心吊胆，害怕被"年"吃掉，还不如团结一心，与它斗一斗，也许还有战胜它的机会。

   _____

   _____

共工怒触不周山

颛顼是黄帝的孙子,号高阳氏,居于帝丘(今河南濮阳附近)。他聪明敏慧,有智谋,在民众中有很高的威信。与颛顼同时期有个部落领袖,叫作共工氏。

传说共工人首蛇身,长着满头的红发,他的坐骑是两条飞龙。他重视农耕,尤其重视水利工作,发明了筑堤蓄水的办法。共工有个女儿叫后土,对农业也很精通。

他们为了发展农业,办好水利,就一起考察了部落的土地情况。他们发现有的地方地势太高,田地浇水很费力;有的地方地势太低,很容易被淹。

因此共工氏制订了一个计划,把高处的土运去垫高低地,认为将高低不平的地垫平可以扩大耕种面积,对发展农业生产大有好处。

颛顼不赞成共工氏的做法。他认为,自己在部族中至高无上,整个部族应当只听从自己的号令,共工氏不能自作主张。

部落
由若干血缘相近的氏族组成的集体。

精通
透彻理解并能熟练掌握。

自作主张
自己出主意,作决定。

于是，颛顼与共工氏之间发生了一场十分激烈的战斗。这两个人比起来，力气上，共工氏要强；论机智，他却不如颛顼。

颛顼利用鬼神的说法，煽动部落民众，叫他们不要相信共工氏。当时不少人上了颛顼的当，认为共工氏一平整土地，真的会触怒鬼神，引来灾难。

共工氏不能得到民众的理解和支持，但他坚信自己的做法是正确的，坚决不肯妥协。为了天下人民的利益，他决心牺牲自己，用生命去捍卫自己的事业。他来到不周山，想把不周山的峰顶撞下来，来表示自己的坚定决心。

共工氏驾起飞龙，来到半空中，然后猛地撞向不周山。

巨变
巨大的或剧烈的变化。

颠倒
上下易位，本末倒置。

霎时间，一声震天巨响，只见不周山被共工氏猛地一撞，立即拦腰折断，整个山体崩塌下来。天地之间发生了巨变，天空中，日月星辰都变了位置；大地上，山川移动，河川变流。

原来这不周山是天地之间的支柱，支柱折断了，大地便向东南方向塌陷，天空向西北方向倾倒。

因为天空向西北方向倾倒，日月星辰就每天都从东边升起，向西边降落；因为大地向东南塌陷，大江大河的水就都奔腾向东，流入东边的大海里去了。

所以，原来世间的景象全部颠倒了！共工氏英勇的行为得到了人们的尊敬。在他死后，人们奉他为水师（水利之神），他的女儿后土也被人们奉为社神（即土神）。

悦读链接

水神共工

共工，又称共工氏，是中国古代神话中的水神，掌控洪水。在中国古书《淮南子》中记载，传说共工素来与颛顼不合，发生惊天动地的大战，最后以共工失败而怒触不周山而告终。

这一传说反映了远古部族间的斗争，同时涉及古代天文学上的"盖天说"。远古的人类显然还不能解释日月星辰运动变化的原因，对这一现象的最好解释就是借助于神话，通过大胆的想象和夸张的手法，来解释"天倾地北""地不满东南"的现象。

悦读必考

1. 颛顼是谁的孙子？共工的女儿叫什么名字？
   _____
   _____

2. 小朋友，你认为共工撞不周山的行为对吗？请讲一下你的看法。
   _____
   _____

女娲造人

盘古开天辟地，用自己的身躯造出日月星辰、山川草木。那残留在天地间的浊气慢慢化作鸟兽虫鱼，替这死寂的世界增添了生气。

残留
少量地遗留下来。

这时，有一位女神女娲，行走在这莽莽的原野上。她放眼四望，山岭起伏，江河奔腾，丛林茂密，草木争辉，但是她总觉得有一种说不出的寂寞。她颓然坐在一个池塘旁边，茫然地对着池塘发呆。

颓然
形容败兴的样子。

忽然她看到自己的倒影，觉得心头的结解开了，原来这世界是缺少一种像她一样的生物。想到这儿，她马上用手在池边挖了些泥土，和上水，照着自己的倒影捏了起来。

女娲感到好高兴。捏着捏着，捏成了一个小小的东西，模样与女娲差不多，也有五官七窍，两只手两只脚。捏好后往地上一放，居然活了起来。女娲一见，满心欢喜，接着又捏了许多。她把这些小东西叫作"人"。

这些人是仿照女娲的模样造出来的，**气概**举止自然与别的生物不同，居然会叽叽喳喳讲起和女娲一样的话来。女娲那寂寞的心一下子热乎起来，她想让世界到处都有她亲手造的人，于是不停地工作，捏了一个又一个。

最后她双手都捏得麻木了，捏出的小人分布在大地上仍然太稀少。她想这样下去不行，就顺手从附近折下一条藤蔓，伸入泥潭里，沾上泥浆向地上**挥洒**。结果，点点泥浆都变成一个个的小人，与用手捏成的模样相似，这样

气概
正直、豪迈的态度。

挥洒
抛洒。

一来速度就快多了。

女娲在大地上造出许多人来,心中十分高兴,寂寞感一扫而空。她觉得很累了,要休息一下,就去四处走走,看看那些人生活得怎么样。

一天,她来到一个地方,见人烟稀少,十分奇怪,俯身仔细查看,见地上躺着不少小人,原来这是她最初造出来的小人,这时已头发雪白,寿终正寝了。女娲见了这种情形,十分着急,她想到自己辛辛苦苦造人,人却不断衰老死亡。这样下去,总不是办法。

于是女娲参照世上万物繁衍后代的方法,叫人类也男女配合,繁衍后代。因为人是仿神的生物,不能与禽兽等同,所以她又建立了婚姻制度,使之有别于禽兽。后来世人就把女娲奉为"神媒"。

情形
事物呈现的样子。

悦读链接

中国古代婚姻制度

中国古代婚姻制度存在五大弊端：无自主性，承嗣性，抑女性，买卖性，繁缛性。

无自主性指的是毫无自主选择权；承嗣性指的就是男女双方结为婚姻关系的目的就是繁衍后代；抑女性指的是古代婚姻制度对于女性的束缚；买卖性指的是父母把儿女的婚姻当成买卖来做，婚后妻子可任由丈夫买卖；繁缛性指的是婚前婚时婚后繁重的礼节。

当然，中国古代婚姻制度也有追求稳定的婚姻关系，追求婚姻幸福和家庭和睦的积极的内容，具有维系家庭稳定与社会稳定的功能。

悦读必考

1. 小朋友，人是谁创造出来的呢？后来世人把她叫作什么？

2. 你听说过西方的上帝造人的故事吗？给自己的小伙伴讲一下吧。

神农尝百草

古时候,五谷和杂草长在一起,药物和百花开在一起,哪些粮食能吃,哪些草药能治病,没人分得清。

黎民百姓靠打猎过日子,天上的飞禽越打越少,地下的走兽也越打越少,人们就只好饿肚子。谁要生病害病,更是无药医治。老百姓的疾苦,神农氏瞧在眼里,急在心头。神农氏冥思苦想了三天三夜,终于想出了一个办法。

第四天,他带着一批随从向西北大山走去。他们走了七七四十九天,来到一个地方,这里的高山上长满奇花异草。

神农他们正往前走,突然从峡谷中跳出来一群豺狼虎豹,神农氏马上让随从们挥舞神鞭,向野兽们打去,一直打了七天七夜,才把野兽们都赶跑了。

这时,随从们劝神农氏回去,神农氏坚持不回。他带头进入了峡谷里,来到一座茫茫大山的脚下。这山半截插在云彩里,四面是刀切崖,崖上挂着瀑布,长着青苔,溜光水滑,看来没有登天的梯子是上不去的。随从们又劝他趁早回去。神农氏仍坚持不回。

后来,他看见几只金丝猴,顺着高悬的古藤和横倒

五谷
指粮食。

冥思苦想
深沉地思索。

挥舞
举起手臂(连同拿着的东西)摇动。

悦读悦好
YUEDUYUEHAO

在崖腰的朽木爬了过去。神农氏灵机一动，有了！他当下把随从们喊来，叫他们砍树木，割藤条，靠着山崖搭架子。整整搭了一年，搭了三百六十层，才搭到山顶。神农氏带着随从，攀着木架，来到了山顶。

山上真是花草的世界，神农氏高兴极了，他**叮嘱**随从们防着豺狼虎豹，自己亲自采摘花草，放到嘴里尝。

有一次，他把一棵草放到嘴里一尝，**霎时**天旋地转，一头栽倒在地。随从们慌忙将他扶起来，他知道自己中了毒，可是已经不会说话了，只好用最后一点力气，指着面前的一棵灵芝草。

随从们慌忙把那棵灵芝草放到嘴里嚼，然后喂到他嘴里。神农氏吃了灵芝草，毒解了。

从此，人们都说灵芝草能起死回生。

神农氏尝完一山花草，又到另一座山去尝，一直尝了七七四十九天，他发现了麦、稻、谷子、高粱、豆子能充饥，就叫随从把种子带回去，让**黎民**百姓种植，这就是后来的五谷。

神农氏尝出了三百六十五种草药，写成了《神农本草》，为天下百姓少受病痛之苦做出了巨大的贡献。

叮嘱
叮咛，再三嘱咐。

霎时
极短的时间，片刻。

黎民
庶民，人民。

悦读链接

神农氏

神农氏，华夏太古三皇之一，汉族民间传说中的农业和医药的发明者，他尝遍百草，教人医疗与农耕。也因为此两项重要贡献，被世人尊称为"药王""五谷王""五谷先帝""神农大帝"等，为掌管医药及农业的神祇，不但能保佑农业收成、人民健康，更被医馆、药行视为守护神。

汉族传说神农氏的样貌很奇特，身材瘦削，身体除四肢和脑袋外，都是透明的，因此内脏清晰可见。神农氏尝尽百草，只要药草是有毒的，服下后他的内脏就会呈现黑色，因此什么药草对于人体哪一部位有影响就可以轻易地知道了。后来，由于神农氏服食过许多种毒药，积毒太深，终于身亡。

悦读必考

1. 解释下列词语。

   冥思苦想：_____

   起死回生：_____

2. 小朋友，神农氏尝草药时中毒了，他是用的哪种草药救的命？

   _____

   _____

   _____

愚公移山

从前，有一个老人，名叫愚公，快九十岁了。他家的门口有两座大山，一座叫太行山，一座叫王屋山，由于这两座山的阻挡，人们进进出出非常不方便。

一天，愚公召集全家人说："这两座大山，把咱们的家门口给挡住了，咱们出门要走许多冤枉路。咱们不如全家出力，移走这两座大山，大家看怎么样？"

愚公的儿孙们一听，都说："您说得对，咱们明天就开始动手吧。"

可是，愚公的妻子觉得搬走这两座大山太难了，便说："咱们既然已经在这里生活了许多年，为什么不能继续这样生活下去呢？况且，这么大的两座山，即使可以一点点移走，哪里又放得下这么多石头和泥土呢？"

愚公妻子的话立刻引起大家的议论，这的确是一个问题。经过一番讨论，最后他们一致决定：把山上的石头和泥土，运送到大海里去。

第二天，愚公带着一家人开始搬山了。

愚公的邻居是一个寡妇，有一个儿子，才七八岁，听说愚公一家人要搬山，也高高兴兴地前来帮忙。

但愚公一家搬山的工具只有锄头和背篓，而大山与

冤枉
没有事实根据，给人加上恶名。

的确
完全确实，毫无疑问。

大海之间相距遥远，一个人一天往返不了两趟。一个月干下来，大山看起来跟原来没有两样。

有一个老头叫智叟，为人处事十分**精明**。他看见愚公一家人搬山，觉得十分可笑。

有一天，他就对愚公说："你这么大岁数了，走路都不方便，怎么可能搬掉这两座大山呢？"

愚公回答说："你名字叫智叟，可是我觉得你还没有一个小孩子聪明。我虽然快要死了，但是我还有儿子，我的儿子死了，还有孙子，子子孙孙，一直传下去，无穷无尽。山上的石头却是搬走一点儿就少一点儿，再也不会长出来。我们这样天天搬、月月搬、年年搬，为什么搬不走这两座山呢？"

愚公带领着一家人，无论天气**炎热**还是寒冷，每天他们都起早贪黑挖山不止。他们的行为最终感动了天帝。于是天帝**派遣**两个神仙到人间来，把这两座大山搬走了。

从此，愚公一家再也不为进进出出而发愁了。

精明
精诚真诚，机警。

炎热
气候极热。

派遣
以赋予或给予正式证件或授权的证明文件的方式委派。

悦读链接

现在的愚公村

愚公移山的故事发生在王屋山，王屋山上有王屋乡，王屋乡里有愚公村。从王屋山主峰绵延来的大山梁将愚公村和村东50米的一条小河隔开。从前，愚公村的人每天都要绕过山梁到小河取水。相传，愚公为村人着想，便带领子孙决心挖穿山梁。

如今在大山梁的中间，的确有一个陡然凹下去的大山口，村里的人都认为那里就是愚公挖山的地方。如今的愚公村人再也不用到小河里挑水了，村民们先打了"愚公井"，后又修了自来水管道，打开水龙头，来自王屋山主峰下的冰凉泉水便会涌流而出。

悦读必考

1. 小朋友，愚公家门口分别是哪两座大山？

   _____

   _____

2. 小朋友，想一想，如果没有天帝的帮忙，愚公能不能把家门前的那两座山搬走呢？说说你的理由。

   _____

   _____

"轩辕"的由来

远古时候，由于长年累月的迁徙游牧生活，各种笨重的东西都要人担肩挑，每迁徙一次都给人们带来了极大的痛苦和不便。黄帝为此事也是经常唉声叹气，但又不得不迁徙。

有一次，黄帝带领他的民众迁徙到北方黄土高原。他们居住下来没多久，有一天，突然狂风大作，黄帝立即命令所有民众抱住大树藏起来，以防被狂风卷走。

黄帝只顾他人的安危，不料，自己头上戴的遮太阳的大圆帽被狂风吹掉了。他连忙抓住一棵小树，立刻蹲下。这时他发现大圆帽被狂风吹得满地乱滚，却没有倒地。这是什么原因呢？

风停后，黄帝砍了一根树枝，弯成圆圈，放在地上用力往前一推，滚了不到一丈远又倒了。黄帝沉思了很久；然后，再弯了一个圆圈，给两个圆圈中间绑了个十字架，又砍了一根长树枝，把两个十字架捆在这根树枝的两头，放在地上用力往前一推。这次虽然没有倒，但没滚多远就停了下来。

这时，常先、风后、仓颉一起走来，问黄帝在干什么。黄帝把刚才发生的事说了一遍。

迁徙
迁移，搬家。

唉声叹气
因伤感、烦闷或痛苦而发出叹息声。

狂风大作
刮大风，形容风很大。

悦读悦好

足智多谋
有足够的智术和善于谋断的才能。

猛然
突然，忽然。

诞生
指人出生，也用于比喻新事物的出现。

足智多谋的风后忙找了一根树藤，系在两个圆圈中间的横杆上，拉着往前走，两个圆圈一直滚动着，并未倒地。

黄帝一看，猛然醒悟过来。他叫常先再弯两个同样的圆圈，四个圆圈连在一起，好比四个车轮，稳稳当当地向前滚动着，再也没有倒地。

风后看后，也一下子醒悟过来，他命令常先去采石场弄来两个圆形石盘，中间凿个洞。不到半天工夫，两个圆形石盘就做成了。风后从中间横着安放一根木棍。木棍中间绑了一根草绳，然后叫常先拉着使劲往前跑。后边跟随了一群民众。

仓颉连忙向黄帝说："我给这个东西起了个名字，叫作'车'。"

黄帝想了想，表示同意。

没过几天，人们找到了很多的圆形石头盘。常先命令民众将四个圆石盘安装成一辆车，全部安装完成后，黄帝召集所有民众前来观看表演。中华民族第一个地上运载工具——车，就这样诞生了。

为了让人们永远记住黄帝的功劳，仓颉和各个大臣商议将车命名为"轩辕"。因为黄帝当时还没有一个正式的名字，所以就以"轩辕"命名，作为自己正式的名字。这就是"轩辕"的由来。

悦读链接

黄帝和皇帝

黄帝被民众拥戴为部落首领，但是还没有一个正式的称号。大臣们先后给黄帝起了很多尊称，黄帝都不满意。最后，还是由黄帝自己决定。黄帝发现土是黄色，土能生万物，土是人们生存的唯一靠山。而且，民众又是黄皮肤。所以，黄帝就确定他的尊称为"黄地"。从此，"轩辕黄地"就这样定下来。

到殷商时代，一些文人觉得把祖先称为"黄地"很不雅，"地"和"帝"是谐音，就把"黄地"改为"黄帝"。"轩辕黄帝"从此就这样沿用下来。

先秦时期，各国诸侯都害怕触犯祖训，有损祖德，轻易不敢称自己为"帝"，只称王。

秦始皇统一六国后，认为自己德高"三皇"，功过"五帝"，自称自己"始黄帝"。但他也不敢沿用这个"黄"，只好用了白王"皇"。所以就有了"皇帝"这个称呼。

悦读必考

1. 小朋友，中华民族第一个地上运载工具是什么？

2. 小朋友，在刮风下雨的时候你害怕吗？你会想到什么呢？

_____

黄 帝

黄帝本姓公孙，后改姓姬，是我国远古时期的部落联盟首领。

有一天，黄帝的母亲附宝在郊外散步，她向苍天祈祷生个儿子。突然雷鸣电闪，她全身都麻了。不久，她就怀有身孕了。当时的巫婆扬言："不久这里必有圣人降生！"

相传，附宝怀胎二十四个月后的二月二日这一天，天空出现了五彩祥云，黄帝在沮水河畔的沮源关降龙峡出生了。从此，人间有了"二月二龙抬头"之说。

黄帝几个月大就能说话，长到七八岁时，就有大人风度，十二三岁有大智慧。

黄帝长大成人后，果然不负众望，既聪明又有才干。他为人和善，处事公平，能团结百姓。在他二十二岁的时候，部落百姓就推选他当了部落族长。从此，他就带领百姓们挖洞穴、筑房屋、打渔狩猎，过着平静的

风度
美好的举止、姿态或气度。

推选
口头提名选举。

日子。

谁知好景不长，神农氏第八代孙子榆罔，经常前来侵犯黄帝部落。开始，黄帝一再退让，并多次规劝榆罔。

然而，榆罔不但不听劝阻，反而变本加厉，认为黄帝软弱可欺，迫使黄帝不得不暂时带领他的百姓向北方迁徙，开始了漂泊的游牧生活。

黄帝每到一个地方，都虚心向那儿的人学习。他发现别的部落百姓发明了舂，可以把谷舂成米。又叫百姓学会用甑子蒸米饭吃，熬粥喝，百姓们尝试后觉得特别好，而且还很少生病。

此外，黄帝还非常重视人才。他在海边打渔，发现了一个叫风后的渔民，交谈中发现风后很有安邦治国的才能，知道很多伏羲氏时期教民、养民的道理，黄帝就决定把风后留在身边，当他的参谋。

不久，又在一次狩猎中，发现一个叫力牧的人，此人箭法很准，百发百中，箭箭不落空。通过交谈，黄帝发现力牧通

好景不长
美好的光景持续的时间不长。

安邦治国
使国家安定太平。

晓兵法知识，就留他统帅部落的兵马。

黄帝有了这一文一武两个人才，信心更强了。他们当时虽然过着游牧生活，但愿意跟随黄帝的百姓越来越多。黄帝部落的人口、兵马就一天天壮大，其他部落再也无人敢来侵犯了。

悦读链接

嫘祖养蚕

嫘祖是黄帝的正妃，十分贤惠。有一次，嫘祖病了，黄帝想了各种办法，做了好多嫘祖平时爱吃的东西。谁知嫘祖看了，总是摇摇头，一点也不想吃。

黄帝决定上山摘些野果回来给嫘祖吃。他摘了许多果子，可是用口一尝，不是涩的，便是酸的，都不可口。直到天快黑了，突然在一片桑树林里发现满树结着白色的小果。他以为找到了好鲜果，就忙着去摘，也没顾得上尝一小口。等把筐子摘满后，天已渐渐黑了。黄帝怕山上有野兽，就匆匆忙忙下山。

回来后，黄帝也不知道白色小果是什么果子。尝了尝，没有什么味道；又用牙咬了咬，怎么也咬不烂，只咬出一些线头。嫘祖笑着说："这不是果子，不能吃，但却有大用处。"

说来也怪，嫘祖自从看了这些白色丝线后，天天都提起这件事，病情也一天比一天减轻，开始想吃东西了。不久，她的病就全好了。她不顾黄帝劝阻，亲自上山要看个究竟。嫘祖在桑树林里观察了好几天，才弄清这种白色小果，原来是一种虫子口吐细丝绕织而成的，并非树上的果子。她回来后就把此事报告给黄帝，并要求黄帝下令保护山上所有的桑树林。

从此，在嫘祖的倡导下，开始了栽桑养蚕的历史。后世人为了纪念嫘祖这一功绩，就将她尊称为"先蚕娘娘"。

悦读必考

1. 看拼音写词语。

   piāo bó　　　　　　tōng xiǎo
   （　　　）　　　（　　　　）

2. 小朋友，黄帝是在什么地方出生的呢？

   _____

黄帝与十二生肖

远古时候，在仓颉创造完文字后，黄帝就发明了天干地支历法。这种历法在当时来说是很科学的，因此，一直到今日还有人沿用。

可是，这种计算年月时辰的方法毕竟太复杂、太难记了。连一些跟随仓颉学字的人都难以记清，不识字的百姓就更记不住了。

沿用
继续使用（过去的方法、制度、法令等）。

悦读悦好

搭配
按适当的标准或比例加以配合或分配。

吩咐
口头指派或命令。

禀告
把事情报告上级或长辈。

黄帝为了让各部落所有的百姓都能看懂、记住，决定选十二种动物图像搭配上去。

这年年底，黄帝命仓颉传一道圣旨，邀请所有的动物在正月初一清早到宫殿门口等待挑选，谁来得早选谁，只选前十二名。

大年三十夜里，老牛自忖自己性格缓、腿脚慢，半夜就赶到了宫殿门口，排了第一名。老虎在天亮的时候赶到了，抢到了第二。接着，玉兔、苍龙、青蛇、白马、山羊、猴子、公鸡、黑狗、懒猪、黄猫等动物也都相继赶到。

老鼠因为夜里偷油推翻了酒罐子，喝起酒来，结果喝醉了，来得最晚。它想："反正是选不上了！也罢，既然来了就不能空着肚子回去。"于是，它钻进仓库里找东西吃。突然，它发现了一对大红蜡烛，就咬了几个大窟窿，吃完之后便缩在墙角里睡着了。

这时，天已亮了，黄帝吩咐点蜡上香，准备开宫门选拔动物。谁知去仓库取红蜡烛的人回来禀告说："蚩尤送来的那对大红蜡烛被老鼠咬破了，蜡烛里面填满了火药！"

原来，蚩尤打不过黄帝，便假意归顺，送来这一对大红蜡烛作为礼物，企图在黄帝上香时炸死黄帝。幸亏大红蜡烛被老鼠提前咬破，使蚩尤的阴谋暴露无遗。

黄帝想，老鼠立了大功，便提议封老鼠为十二生肖之首，大家都一致同意。接着按丑牛、寅虎、卯兔、辰龙、巳蛇、午马、未羊、申猴、酉鸡、戌狗、亥猪的顺序，排完十二生肖动物的名次，恰巧把原来排在第十二位的黄猫给挤掉了。

从此，猫恨死了老鼠，只要一见到老鼠便穷追不舍，逮到以后，还要百般捉弄，将其吓到半死才吃掉。同时，猫还时时用爪子"洗脸"，十分注意打扮自己，它心想："把老鼠捕尽后，自己好补入十二生肖之列，得把自己的形象弄好点。"

黄帝为了便于人们查询对照十二生肖，便命仓颉在骊山的一方巨石碑上，按十二生肖的先后顺序刻了"十二生肖图"。

企图
图谋，谋划，打算。

恰巧
凑巧，碰巧。

穷追不舍
追赶到底，不放过。

对照
相互对比参照。

悦读链接

黄帝成仙

黄帝是传说中的远古帝王，对本民族的发展有很大贡献，为后世长期传颂。但因其年代太久远，留下来的传闻，大多扑朔迷离，难详究竟，具有帝王兼仙人的形象。

张陵创立五斗米道，尊老子为教祖，而尊黄帝为古仙人，以后的道书以黄帝为古仙人继续进行增饰，讲述黄帝遍历名山、访真问道、以至最后得道升天的故事。旧时，一些地区建黄帝庙或轩辕庙，大多把黄帝当作古仙奉祀。

悦读必考

1. 用加点词语造句。

   我既然来了就不能空着肚子回去。

   _____

2. 小朋友，老鼠为什么会得了第一名呢？

   _____

黄帝大战蚩尤

气势汹汹
形容盛怒时很凶的样子，也形容气焰很盛，来势凶猛。

蚩尤生性残暴好战，他原来就曾经打败过炎帝。后来，蚩尤在庐山脚下发现了铜矿，他就把这些铜制成了剑、矛、戟、盾等兵器，军威大振，于是便联合风伯、雨师和夸父部族的人，气势汹汹地来向与炎帝结盟的黄帝挑战。

黄帝生性爱民，不想打仗，一直想劝蚩尤休战。可是蚩尤不听劝告，屡犯边界。黄帝不得已，就亲自带兵出征，与蚩尤对阵。

黄帝先派大将应龙出战。应龙能飞，能从口中喷水，它一上阵，就飞上天空，居高临下地向蚩尤阵中喷水。

蚩尤忙命风伯、雨师上阵。风伯和雨师，一个刮起漫天狂风，一个把应龙喷的水收集起来，反过来两人又施出神威，刮风下雨，把狂风暴雨向黄帝阵中刮去。应龙只会喷水，不会收水，结果，黄帝大败而归。

不久，黄帝重整军队，再次与蚩尤对阵。黄帝一马当先，领兵冲入蚩尤阵中。蚩尤这次施展法术，喷烟吐雾，把黄帝和他的军队团团罩住……这样，黄帝和蚩尤一来二去打了七十一仗，结果黄帝胜少败多。

这一天，黄帝苦苦思索打败蚩尤的方法，不知不觉昏然睡去，梦中九天玄女交给他一部兵书。黄帝醒后，发现手中果真有一本《阴符经》。黄帝于是按照玄女兵法布下"天一遁甲"阵，重新率兵与蚩尤决战。

两军对阵，黄帝下令擂起战鼓，那八十面牛皮鼓和夔牛皮鼓一响，声音震天动地。黄帝的兵听到鼓声后勇气倍增，蚩尤的兵听见鼓声后失魂落魄。

居高临下
处在高处，俯视下面。形容处于有利的地位或傲视他人。

狂风暴雨
来势迅急而猛烈的风雨。

一马当先
作战时策马冲锋在前，形容领先或带头。

思索
反复思考探索。

失魂落魄
形容心神不安、惊慌失措的样子。

悦读悦好

地动山摇

地被震动，山地摇摆。形容声势浩大。

悬崖峭壁

形容陡峭的山崖。

蚩尤觉得自己要败，便和他的八十一个兄弟施展神威，凶悍勇猛地杀上前来。两军杀在一起，直杀得地动山摇，日抖星坠，最后蚩尤大败而逃。

蚩尤的头跟铜铸的一样硬，他把铁石当饭吃，还能在空中飞行，在悬崖峭壁上如走平地，黄帝怎么也捉不住他。

追到冀州中部时，黄帝灵感突现，命人把夔牛皮鼓使劲连擂九下，这一下，蚩尤顿时魂丧魄散，不能行走，被黄帝捉住了。黄帝命人给蚩尤戴上枷铐，把他杀了。又担心他死后还作怪，便把他的身体和头颅埋在了两个地方。

蚩尤死后，他身上的枷铐才被取下来抛掷在荒山

上，变成了一片枫树林。黄帝打败蚩尤后，诸侯都尊奉他为天子，这就是轩辕（黄帝的名字）黄帝。

悦读链接

九天玄女

九天玄女，俗称九天娘娘、九天玄女娘娘、九天玄母天尊。原是中国上古神话中的战争女神，后来被道教奉为高阶女仙与术数神。

虽然她在民俗信仰中的地位并不显赫，但她是一位深谙军事韬略、法术神通的正义之神，她的形象经常出现在中国各类古典小说之中，成为扶助英雄、铲恶除暴的应命女仙。

悦读必考

1. 用文中的词语填空。

   风、雨、雷、电四位神仙同时_____法术，刹那间，天空乌云滚滚，一场_____即将来临。

2. 小朋友，九天玄女给黄帝的兵书叫什么名字？

3. 小朋友，看完故事以后，你觉得黄帝厉害吗？厉害在哪些方面呢？

天狗吃月亮

传说古时候，有一个名叫目连的公子。他生性好佛，为人善良，十分孝顺母亲。但是，目连的母亲，身为娘娘，却生性暴戾。

有一次，目连的母亲突然心血来潮，想出了一个坏主意：和尚念佛吃素，我要捉弄他们一下，让和尚开荤吃狗肉。她吩咐仆人做了三百六十个狗肉馒头，说是素馒头，要到寺院去施斋。

目连知道了这事，忙叫人去通知寺院方丈。方丈就准备了三百六十个素馒头，藏在每个和尚袈裟的袖子里。

目连的母亲来施斋，发给每个和尚一个狗肉馒头。和尚在饭前念佛的时候，用袖子里的素馒头将狗肉馒头调换了一下，然后吃了下去。

目连的母亲见和尚们个个吃了她的馒头，拍手大笑说："今日和尚开荤啦！和尚吃狗肉馒头啦！"

方丈双手合十，连声念道："阿弥陀佛，罪过，罪过！"事后，将三百六十个狗肉馒头，在寺院后面用土埋了。

这事被天上的玉帝知道后，勃然大怒，将目连的母亲打下了十八层地狱，变成一只恶狗，永世不得超生。

心血来潮
比喻心里突然产生某种念头。

施斋
给出家人食物。

袈裟
和尚披的法衣，由许多长方形布片拼缀而成。

勃然大怒
突然变脸大发脾气。勃然，突然。

中国神话故事

可是，目连是个孝子，得知母亲被打入地狱后，他日夜修炼，终于成了地藏菩萨。为了救母亲，他用锡杖打开地狱门。目连的母亲和所有恶鬼都逃出了地狱，投生到凡间作乱。玉帝大怒，将目连贬入凡间转世为黄巢。

"黄巢杀人八百万"的传说就是指目连来收这批从地狱逃出来的恶鬼。目连的母亲变成的恶狗逃出地狱后，十分痛恨玉帝，就窜到天庭去找玉帝算账。她在天上找不到玉帝，就去追赶太阳和月亮，想将它们都吞了，让天上人间变成黑暗的世界。

这只恶狗没日没夜地追呀追！她追到月亮，就将月亮一口吞下去；追到太阳，也将太阳一口吞下去。不过目连的母亲变成的恶狗，最怕敲锣鼓和放爆竹。锣鼓声和爆竹声吓得恶狗将吞下去的太阳、月亮吐了出来。

锡杖
僧人所持的手杖。

算账
吃亏或失败后和人争执较量。

太阳、月亮获救后，重新运行。恶狗不甘心又追了上去。这样一次又一次，就形成了天上的日食和月食，民间就叫"天狗吃太阳""天狗吃月亮"。

每逢
每当遇到。

直到现在，每逢日食、月食，不少城乡的百姓还流传着敲锣击鼓、燃放爆竹来赶跑天狗的习俗。

悦读链接

日 食

日食，又作日蚀，在月球运行至太阳与地球之间时发生。这时对地球上的部分地区来说，月球位于太阳前方，因此来自太阳的部分或全部光线被挡住，看起来好像是太阳的一部分或全部消失了。日食分为日偏食、日全食、日环食。

悦读必考

1. 写出下列词语的近义词和反义词。

   善良：近义词（　　　）　　　反义词（　　　）

   痛恨：近义词（　　　）　　　反义词（　　　）

2. 小朋友，目连的母亲最后变成了什么？

_____

_____

盘瓠与高辛少女

传说在高辛王（即高辛氏）当政的上古时候，有一年，皇后娘娘突然得了耳痛病，后来从耳朵里挑出一条金虫，耳痛马上就好了。

皇后觉得很奇怪，便用瓠篱盛着这条虫，哪知虫忽然变成了一条龙狗，叫作"盘瓠"。高辛王见了这条狗，非常喜欢。

那时房王作乱，高辛王担心国家危亡，便向群臣说道："若有人能斩下房王的头，我就把公主嫁给他。"但群臣都不敢去冒这个险。

有一天，宫廷里忽然不见了盘瓠，寻找了好几天，都没有踪影。原来盘瓠离开宫庭一直走到房王军中。房王一见这条狗，十分高兴，向大臣们说："高辛氏怕快被灭了吧，连他的狗都离开他跑来投奔我。"于是，便高烧火炬，击鼓撞钟，举行宴会。

那天晚上，欢乐的房王喝得烂醉如泥，盘瓠趁机咬下房王的头，跑回高辛王王宫。高辛王见它跑回宫来，不禁大喜，便叫人拿些好肉来喂它，哪知它一点也不吃便走开了。

高辛王心里很难过，想了一想，便说道："盘瓠

当政
执掌政权，把持政权。

作乱
发动叛乱，暴乱。

投奔
前去投靠别人。

烂醉如泥
形容人醉得扶不住，瘫成一团的样子。

履行
实行职责。

庶民
百姓,平民。

适逢
恰好遇到。

啊,你为什么这样?莫不是想娶公主为妻,恨我不履行诺言吗?并非我失信,实在是狗和人不可以成亲的。"

盘瓠顿时口吐人言,说道:"王啊!你只要把我放在金钟里面七天七夜,我就可以变成人。"

高辛王听了这话,觉得很诧异,于是将盘瓠放在金钟里面,看它怎么变化。到了第六天,期待结婚的公主怕它饿死,悄悄打开金钟一看,盘瓠全身都变成了人,只留下一个狗头还没来得及变,从此再也不能变了。

于是盘瓠便从金钟里跳出来,披上大衣,公主则戴上狗头帽,他俩就在王宫里结了婚。

婚后,盘瓠带着妻子到南山去,住在深山岩洞中。公主穿上庶民百姓的服装,盘瓠则每天去打猎,他们过着幸福的日子。

几年以后,他们生下了三男一女。几个儿女都没有姓氏,就请高辛王赐给他们姓,大儿子生下来是用盘子装的,就赐姓为盘;二儿子生下来是用篮子装的,就赐姓为篮;只有三儿子想不出来赐什么姓好,适逢天上有雷声响,就赐姓为雷。小女儿长大成人后，招了个勇敢的士兵做女婿，跟着丈夫姓，姓了钟。

盘、篮、雷、钟四姓，互相婚配，后来子孙繁衍，成了国族，大家都奉盘瓠为他们共同的老祖宗。

婚配
结婚，结亲。

悦读链接

祖宗崇拜

祖宗，祖先，拜祖，敬祖，是指一种宗教习惯，是基于死去的祖先的灵魂仍然存在，仍然会影响到现世，并且对子孙的生存状态有影响的信仰。一般崇拜的目的是相信去世的祖先会继续保佑自己的后代。

在大部分不同的文化中，祖先崇拜和神灵崇拜不太一样，对神灵崇拜是希望祈求一些好处，但对祖先的崇拜一般只是表达亲情。

悦读必考

1. 看拼音，写汉字。

　　zōng　　　　lǚ　　　　nuò　　　　chà
　（　）影　（　）行　（　）言　（　）异

2. 小朋友，皇后娘娘从耳朵里面挖出来的虫子变成了什么？

_____

_____

伏羲教打鱼

世间有了人以后，一天比一天热闹起来了。可是，那时候的人不知道种庄稼，吃饭成了一个大问题。伏羲见此心里很难过。他想了三天三夜，都没有想出个可以解决吃饭问题的办法来。

到了第四天，他走到河边，走着走着**偶尔**抬头一看，看见一条又大又肥的鲤鱼，从水面上跳起来。这引起了伏羲的注意。

他想："这些鲤鱼又大又肥，抓来吃不是很好吗！"他打定主意，就下河去抓鱼，不一会儿，就捉到了一条又肥又大的鲤鱼。

伏羲很高兴，就把鲤鱼拿回家分给儿孙们吃，大家吃了，都觉得味道不错。伏羲向他们说："既然鱼好吃，以后我们就动手捉鱼。"儿孙们当然**赞成**，立刻就跑到河里去捉鱼。

捉了一个下午，差不多每人都捉到了一条，还有捉三四条的。这下子大家都欢喜得不得了，把鱼拿回去美美地吃了一顿。伏羲又**打发**人给住在别的地方的儿孙们送信，喊他们都来捉鱼吃。

这样，没到三天，伏羲的儿孙们都学会捉鱼了。偏偏

偶尔
偶然发生的。

赞成
对别人的主张或行为表示同意。

打发
派去办事。

好事多磨，在第三天早上，龙王忽然带了乌龟丞相跑来干涉，他恶声恶气地对伏羲说："谁让你们来捉鱼的？你们这么多人要把我的子民们都捉完吗？赶紧给我滚！"

伏羲理直气壮地反问龙王："你不准我们捉鱼，那我们吃什么？"

龙王气冲冲地说："你们吃什么我不管，就是不准你们捉鱼！"

伏羲说："好，不准捉，我们就不捉；以后我们就来喝水，让你们所有的水族都干死！"

龙王听伏羲这么一说，心里十分害怕。正进退两难时，乌龟丞相凑到龙王耳朵边上，悄悄对龙王说："你

好事多磨
好事情不易成就，往往会有许多波折。

理直气壮
理由充分，言行因而有气势。

进退两难
前进也难，后退也难。形容陷于困境和僵局，骑虎难下。

看这些人都是用手捉鱼，你就和他们定个规矩：只要他们不喝干河水，就让他们捉去，但是不许用手捉，他们不用手就捉不到鱼。"

龙王一听这话，十分高兴，就和伏羲立下了约定，伏羲也同意了。

伏羲回去以后，就想不用手捉鱼的办法。忽然，他看见两根树枝中间，有个蜘蛛在结网。伏羲看见蜘蛛结网，心里突然开了窍。

伏羲跑到山上找了一些葛藤来当绳子，把它们编成了一张网，然后又砍了两根木棍绑在网上，又拿了一根长棍绑到中间，网就做好了。他把网往河里一放，隔了一会儿，把网往上一拉，网里净是鱼。伏羲就把结网的方法教给他的儿孙们。

从此以后，他的儿孙们就都知道用网来捕鱼了，吃的再也不缺了。一直到现在人们还是用网来捕鱼。

悦读链接

蜘蛛结网的过程

蜘蛛结网时，往往先吐出几根细长的丝，靠风力的吹送，将这些长的细丝固定在对面，结成方形或不规则的轮廓，再由中心的一点向外面结辐射状的网。这些丝有黏性，是用来捕虫的。蜘蛛网是蜘蛛的狩猎手段，可以用来粘取苍蝇和蚊子。

蜘蛛的肚子里不断地产生黏液，所以能不断地抽丝，织出很大的蜘蛛网来。而且，蜘蛛还会把废旧的蜘蛛网再次吃下去，进行"废物回收再利用"。

悦读必考

1. 用文中的词语填空。

   比赛双方＿＿＿＿＿＿一定要遵守＿＿＿＿＿＿。

2. 小朋友,是谁不让伏羲用手捉鱼的?

   ＿＿＿＿＿＿＿＿＿＿＿＿＿＿＿＿＿＿＿＿＿＿＿＿＿

牛郎织女

相传在很早以前,南阳城西牛家庄里有个聪明、忠厚的小伙子,因父母早亡,只好跟着哥嫂生活。嫂子马氏十分狠毒,经常虐待他,常逼他干很多的活。

一年秋天,嫂子逼他去放牛,给他九头牛,却让他等有了十头牛时才能回家。牛郎无奈,只好赶着牛出了村。

牛郎独自一人赶着牛进了山,他伤心地坐在树底下。这时,有个须发皆白的老人问他为何伤心。得知他的遭遇后,笑着对他说:"别难过,在伏牛山里有一头病倒的老牛,你好好喂养它,等老牛病好以后,你就可以赶着它回家了。"

虐待
用狠毒残忍的手段对待人。

须发皆白
胡须头发全都白了。指年事已高。

悦读悦好

翻山越岭
翻过重重山岭。

触犯
触及并违犯。

恼羞成怒
因烦恼羞愧到了极点而发怒。

　　牛郎翻山越岭，终于找到了那头有病的老牛，就去给老牛打来草料，一连喂了三天。

　　老牛吃饱了，才抬起头来告诉他：自己本是天上的灰牛大仙，因触犯了天规被贬到凡间来，摔坏了腿，无法动弹，身上的伤需要用百花的露水洗一个月才能好。

　　牛郎不畏辛苦，细心地照料了老牛一个月。等老牛病好后，牛郎高高兴兴地赶着十头牛回了家。

　　回家后，嫂子对他仍旧不好，曾几次要害他，都被老牛设法相救。嫂子最后恼羞成怒，把牛郎赶出了家门，牛郎只要了那头老牛相随。

　　一天，天上的织女和其他几个仙女一起下凡游玩，在河里洗澡。牛郎在老牛的帮助下认识了织女，两人互生情意。

　　后来织女便偷偷下凡，来到人间，做了牛郎的妻子。织女还把从天上带来的天蚕分给大家，并教大家养蚕、抽丝，织出又光又亮的绸缎。牛郎和织女结婚后，生下一男一女两个孩子，一家人生活得很幸福。

但是好景不长,这件事很快便让天帝知道了,王母娘娘亲自下凡,强行把织女带回天上,恩爱夫妻被拆散了。

牛郎上天无路,最后还是老牛告诉牛郎,在它死后,可以用它的皮做成鞋,穿着就可以上天。

牛郎按照老牛的话做了,穿上牛皮做的鞋,挑着自己的儿女,**腾云驾雾**上天去追织女。眼看就要追到了,谁知王母娘娘拔下头上的金簪一挥,一道天河就出现了,牛郎和织女被阻隔在两岸,只能相对流泪。

腾云驾雾
乘云雾而行。比喻速度迅疾。

他们的忠贞爱情感动了喜鹊,千万只喜鹊飞来,搭成鹊桥,让牛郎织女走上鹊桥相会,王母娘娘对此也无奈,只好允许两人每年七月七日在鹊桥上相会。

悦读链接

七夕情人节

农历七月初七,是人们俗称的七夕节,也是中国传统节日中最具浪漫色彩的一个节日,还是过去姑娘们最为重视的一个日子。

在晴朗的夏秋之夜,天上繁星闪耀,一道白茫茫的银河横贯南北,银河的东西两岸,各有一颗闪亮的星星,隔河相望,遥遥相对,这就是牵牛星和织女星。

七夕坐看牵牛织女星,是民间的习俗。相传,在每年的这个夜晚,是天上织女与牛郎在鹊桥相会的日子。织女是一个美丽聪明、心灵手巧的仙女，凡间的妇女便在这一天晚上向她乞求智慧和巧艺，也少不了向她求赐美满姻缘，所以七月初七也被称为"乞巧节"。

悦读必考

1. 解释下列词语。

   恼羞成怒：_____

   腾云驾雾：_____

2. 小朋友，是谁把牛郎和织女分开的呢？

   _____

百鸟之王少昊

黄帝主宰宇宙，坐镇中央。东、南、西、北四方，则由伏羲、炎帝、少昊、颛顼掌管。少昊的母亲皇娥原是天上的织女，她在玉砌的宫殿里纺纱织布，往往要忙到深夜。她织出来的锦缎，就是天空中那流光溢彩的云霞。疲倦时，皇娥常常轻摇木筏，在银河里**徜徉**。

一天，皇娥沿着银河溯流而上，来到西海边的穷桑。穷桑树下，银河畔，一位容貌超凡脱俗的少年在**徘**

徜徉
盘旋往返。

徘徊
在一个地方来回地走，比喻犹豫不决。

徊，少年是黄帝的同胞兄弟西方白帝的儿子金星。

少年与皇娥一见钟情，订下了终身之约。他俩用桂木做桅杆，用香草做旌旗，又雕刻了一只玉鸠放在桅杆顶端辨别风向。在随风飘荡的木筏上，少年弹着一把银光闪闪的琴，皇娥和着琴声唱起了情歌，歌罢，少年又轻轻唱和。两人相依相偎，一唱一和，乐而忘返。

一年以后，少昊诞生了，他是皇娥和金星爱的结晶。少昊又称穷桑氏、金天氏，真身是一只金雕。

少昊在东海几万里远的海岛上建立了一个鸟的王国，文武百官都是各种各样的飞禽：凤凰通晓天时，负责颁布历法；鱼鹰剽悍有序，主管军事；苍鹰威严公正，主管刑狱；鹁鸪孝敬父母，主管教化；布谷鸟调配合理，主管水利及营建工程；斑鸠热心周到，主管修缮等杂务。

五种野鸡分管木工、金工、陶工、皮工、染工；九种当扈鸟分管农业上的耕、种、收获等事项。

后来，黄帝封少昊为西方金德之帝，少昊告别他的百鸟，留下人面鸟身的大儿子木神勾芒做东方木德之帝伏羲

旌旗
旗帜。

乐而忘返
快乐得忘记返回。

教化
教育感化。

的属神，自己带着人脸虎爪、遍体白毛、手持大斧、身乘双龙的小儿子金神蓐收回了故乡。

少昊住在长留山，蓐收住在渤山。父子俩名义上管理着西方三十六国，实际工作却很轻闲，只是在每天傍晚观察西落的太阳反射到东边的光辉是否正常。

红日西沉，浑圆壮阔，霞光满天，因此少昊又叫员神，蓐收又叫红光。

悦读链接

少 昊

在少昊诞生的时候，天空有五只凤凰，颜色各异，是按五方的颜色红、黄、青、白、玄而生成的，飞落在少昊氏的院子里，因此他又称为凤鸟氏。

少昊开始以玄鸟即燕子作为本部的图腾，后在穷桑即大联盟首领位时，有凤鸟飞来，少昊大喜，于是改以凤鸟为族神，崇拜凤鸟图腾。

不久少昊迁都曲阜，所辖部族亦以鸟为名，有鸿鸟氏、凤鸟氏、玄鸟氏、青鸟氏等，共二十四个氏族，形成一个庞大的以凤鸟为图腾的完整的氏族部落社会。

悦读必考

1. 小朋友，少昊的母亲是谁？他建立了什么国家？

2. 百鸟都能工作，多么的可爱，把你想到的画面描述一下吧。

大禹出世

舜摄政时，洪水越来越大，那是由于共工的后代，继任的水神共工二世在推波助澜。

大水漫山遍野，老百姓们有的在大树梢上像鸟儿一样筑巢，有的在山顶洞穴里像野兽一样穴居，有的干脆在木筏上安家。

飞禽走兽也无处藏身，便和人争抢地盘。灾民既要忍受饥饿、疾病和寒冷的折磨，还要随时随地提防毒蛇猛兽的侵害。

天上众神，对于天下万民所遭受的苦难都无动于衷，唯有黄帝的孙儿、骆明的儿子白马神鲧真心哀怜难民。

他听说天国宝库里藏有一团能无限膨胀、生长不息的泥土，名为息壤，便骗过看守库房的三头神犬，窃走神土，私下凡间，替人们堵塞洪水。

神奇的息壤化作万里长堤，汹涌澎湃的洪水被挡在

摄政
代国君处理国政。

推波助澜
比喻促使或助长事物（多指坏的事物）的发展，使扩大影响。

无动于衷
一点也不动心，不为感情所动。

堤外，堤内的积水也在泥土中干涸，呈现在眼前的是一大片起伏的原野。

好景不长，息壤遭窃的事很快让天帝发现了。天帝痛恨白马神鲧藐视他的权威擅自行动，偷盗宝物，毫不犹豫地宣判了鲧的死刑。

祝融的后代、继任火神祝融二世驾着烈火战车，擎着火焰枪，在羽山杀害了鲧，收回了息壤。洪水重新泛滥，百姓在寒风与冷雨中哭泣。

虽然白马神鲧被杀死在荒凉潮湿的羽山，但他**壮志未酬**，心不死，魂不散，尸体历经三年的风吹雨打也没有腐烂，他的肚子里还孕育了一个新的生命，他希望新生命去完成他未竟的事业。

鲧死而不腐的秘密让虎首人身、四蹄长肘的强良知道了，他赶快到天庭向天帝汇报。天帝生怕僵尸作怪，命令祝融二世携吴刀下凡将鲧分尸。

于是祝融二世来到羽山举起吴刀剖开了鲧的胸腹，但见伤口的裂处隐约有光芒闪动，**惊愕**间，裂口爆

壮志未酬
旧指潦倒的一生，志向没有实现就衰老了。也指抱负没有实现就去世了。

惊愕
吃惊而发愣。

开，一个高大的男子从鲧的腹中缓缓升起，遍身光芒四射——他就是鲧的儿子，禹。

这时，鲧的尸体也化作一条黄龙，跳入羽山下的羽渊。它只是一条平凡的龙，它全部的精气神都已传给了儿子。黄龙悄悄**蛰伏**在渊水深处，它存活的唯一意义，就是要亲眼看到儿子继承父业，拯救天下万民。

> **蛰伏**
> 动物冬眠或指人蛰居。

悦读链接

禹

想传，禹治理黄河有功，受舜禅让而继承帝位。在诸侯的拥戴下，禹王正式即位，以安邑（今山西夏县）为都城，后及阳城，平阳为都城，国号夏。并分封舜的儿子丹朱于唐、商均于虞。

禹是夏朝的第一位天子，因此后人也称他为夏禹。他是中国古代传说时代与尧、舜齐名的贤圣帝王，他最卓著的功绩就是历来被传颂的治理滔天洪水，又划定中国国土为九州。后人称他为大禹。禹死后安葬于会稽山上（今浙江绍兴市南），现在仍存禹庙、禹陵、禹祠。从秦始皇开始历代帝王大都来禹陵祭祀他。

悦读必考

1. 用文中词语填空。

她_____着穷困和疾病的_____，仍然一心一意坚持要完成自己的_____。

2. 你还听说过关于大禹的其他传说吗？试着讲述一下吧。

_____

_____

沉香救母

汉代有个书生叫刘彦昌，进京赶考时，顺道到华山一游。

华山有一座神庙，庙神三圣母是一个美丽善良的仙女。这天，她突然发现一个书生跨进了庙门，便急忙登上莲花宝座，化为一尊塑像。

走进大殿的刘彦昌，被三圣母的塑像深深吸引住了。他取出笔墨，在墙上抒写了对三圣母的爱慕之情。

三圣母看着这一切，不禁百感交集。可是，他们又哪能缔结姻缘呢？她思考再三，终于决定要与刘彦昌结为夫妻。从此，两人两情依依，恩爱无比。

刘彦昌考期在即，三圣母已有孕在身，依依惜别之时，刘彦昌赠给三圣母一块祖传沉香，说日后生子可以

百感交集
种种感触交织在一起。形容感慨无比。

依依惜别
形容十分留恋，舍不得分开。依依，留恋的样子。惜别，舍不得分别。

以"沉香"为名。

刘彦昌在京城一举中榜,被任命为扬州府巡按。然而,三圣母却遭难了。

原来,这时正值王母娘娘生日,三圣母有孕在身便推说染病而留在华山。谁知,这件事被三圣母的哥哥二郎神知道了,便要捉三圣母上天受惩罚。三圣母毫不畏惧,因为她还有一件王母娘娘赐的宝物——宝莲灯。

二郎神自知不敌,就令自己的哮天犬趁三圣母休息的时候,将宝莲灯偷出来。这样,可怜的三圣母就被二郎神压在华山下的黑云洞中。

三圣母在此生下了儿子沉香,为防不测,她偷偷恳求夜叉,将儿子送到扬州,留在其父刘彦昌身边。

沉香长大后,一心想救出母亲三圣母。于是,他便独自去找母亲。他来到华山,却找不到母亲,便哭了起来。他的哭喊声惊动了霹雳大仙。大仙将他带回自己的住所,教他各种武艺。后来,沉香便向师父辞行,去华山救母。临行时,大仙赠给他一柄萱花开山神斧。

沉香来到华山黑云洞前,大声呼唤三圣母。三圣母知道儿子已长大成人,就将沉香唤到洞前,让他去向舅舅求情。

沉香飞身来到二郎庙,向二郎神哀求。谁知二郎神

恳求
恳切地请求。

辞行
出门远行前向亲友等告别。

求情
请求对方答应或宽恕。

不但不肯放出三圣母，反而要对沉香下手。于是，他们便打了起来。

这件事惊动了太白金星，他派了四位大仙去看个究竟。四位大仙都很同情沉香，便在暗中帮助了沉香，二郎神只得落荒而逃，宝莲灯也回到了沉香手中。

沉香立即飞回华山，举起萱花开山神斧，奋力猛劈。华山裂开了，沉香也救出了母亲。

现在，华山的西峰顶上，有一块十余丈长的巨石被截成三节。巨石旁边插着一把三百多斤重的月牙铁斧。相传，这就是当年沉香劈山救母的地方。

落荒而逃
形容吃了败仗慌张逃跑。

悦读链接

二郎神庙的传说

传说，二郎神本名赵煜，大约生活在公元7世纪初。在隋炀帝时，他做了一个地方官，公正无私，使当地百姓安居乐业。那时，当地的河里有一条蛟龙（一种水中巨兽），经常危害百姓，引起人们的恐慌。于是，他就带了一把刀，独自一人跳到河里与蛟龙搏斗，并最终杀死它，解除了人们的痛苦。后来，他辞去官职，到青城山里修炼道术，终于成了神仙。

人们为了纪念他，就为他建立了神庙，称他为"灌口二郎神"。后来唐朝的一个皇帝封他为"赤诚王"，而宋朝皇帝封他为"清源妙道真君"。特别是到11世纪以后，人们对他十分信仰。在他的生日那天，上自皇帝大臣，下至普通百姓，都来神庙向他祭拜，还举行规模盛大的演出活动。

悦读必考

1. 连线组词。

    塑　　　　　按
    缔　　　　　求
    哀　　　　　像
    巡　　　　　结

2. 小朋友，沉香和舅舅二郎神打起来的时候，惊动了哪位大仙？

后稷的传说

姜是高辛王的妻子，自从两人成亲后，一直没有儿子，为此，姜感到特别遗憾。

一天，姜到郊外游玩，看着秀美的山峰，清澈的泉水，美丽的花草，她流连忘返。忽然，她发现路边的草地上有一个巨大的脚印。她围着脚印仔细端详了半天，也看不出是什么东西留下来的。

于是，她好奇地把自己的脚放到了大脚印里。"这个脚印果然很大啊！"姜想。她的双脚加起来还没有大脚印的脚趾大呢！这时候，一种奇怪的感觉充满她的全身，有点惊奇，有点愉悦。

姜也没多想，很快就返回了家。这次林中奇遇以后，姜发现自己怀孕了，她觉得自己生儿子的梦想就要实现了，特别地高兴。

又过了一段时间，姜分娩了。令她惊奇的是，她生下的并不是四肢健全的婴儿，而是一个没有五官的肉球。姜害怕极了，她以为自己生下的是什么怪物，连忙让宫里的侍从把这个肉球扔到后墙外的小巷里。

侍从按照她的话，匆匆把肉球扔掉，然后还不放心，又在那里观察了一会，发现了一件怪事。

流连忘返
形容沉迷于游乐而忘了回去。后多指留恋某事物，舍不得离开。

奇遇
意外的，奇特的相逢或遇合。

分娩
生小孩。

这个巷子里过往的牛羊一直很多，那天也不例外，可是，牛羊一见到肉球就绕道而行，根本不敢踩，所以肉球一直完好无损。

侍从连忙返回宫，把看到的事情告诉姜。姜心中一惊，说："怎么会发生这么奇怪的事情啊？"

于是，让侍从把肉球扔到深山里去。侍从抱着肉球就上了山，过了一会儿，他又抱着肉球回来了。

他对姜说："山里都是伐木的人，没有机会啊！"姜叹了一口气，便让侍从把肉球扔到水塘里。侍从抓起肉球就向水塘抛去，他想：这小东西一会儿就会沉下去的，这次应该没问题了！

忽然，天空乌云密布，鹅毛般的大雪迅速飘了下来。眨眼之间，水塘上就结了一层厚厚的冰。肉球完好无损地落在冰面上，根本就不会沉下去。

这时，一只老鹰从天而降。只见它落在肉球旁边，张开翅膀，像母亲一样温暖着肉球。一切发生得太突然了，侍从过了好一会儿才反应过来。他想：这到底是怎么一回事啊？带着这样的疑问，他踏着厚厚的大雪向池塘里走去。老鹰一见来了生人，尖锐地大叫一声，直冲

完好无损

完整，没有残缺或损坏。

伐木

采伐林木。

疑问

有怀疑或不理解的问题。

077

上天空，扬起一片雪雾。

这时，地上的肉球发出了婴儿一般的哭泣："哇——哇——哇——"

侍从惊异极了，快步走上前去看个究竟。真是太奇怪了！原本缩成一团的肉球上竟然出现了一道裂缝，婴儿的哭泣声正是从那里传出来的。这道裂缝越来越大，越来越大，最后整个肉球都崩开了，一个肉嘟嘟的小男孩光着屁股躺在那里哇哇大哭。

侍从赶紧抱起小男孩回到宫里。姜听侍从说完事情的经过，惊异不已。这才知道这个婴儿不是怪物，而是自己的亲生儿子。她回想自己三番五次想把亲生儿子扔掉，非常难过，抱着孩子泪流满面。

因为这个孩子有一段被遗弃的经历，她就给孩子取名为"弃"。弃在母亲的抚养下，一天天长大。他聪慧善良，对万事万物都充满好奇，尤其是对农作物的种子十分痴迷。

他在荒地上精心挑选了一些野生麦子、稻谷、大豆以及各种瓜果的种子，

惊异
惊奇诧异。

泪流满面
眼泪流了一脸。形容极度悲伤。

抚养
爱护并教养。

然后按照自己的方式，把这些种子撒在肥沃的土壤里。

肥沃
含有较多适合植物生长的养分、水分。

到了秋天，这些植物结出的果实，比野生的大很多倍。弃还自己制造了一些奇怪的工具，他把这些工具称为"农具"，使用农具干活，果然又快又省力。

当地的许多人都慕名来跟他学习种田的经验。在他的耐心指导下，当地可以耕种的土地越来越多，人们的生活也越来越好。

慕名
仰慕名声。

这件事一传十，十传百，很快传遍了全国，全国的人都向弃学习耕种的技术。国君听说弃如此有才能，就封他为掌管农耕的技师。

从此，弃向全天下的人传授耕种的技术，人们学会了种植农作物，再也不用为打不到猎物而发愁了。弃死后，后人为了纪念他，尊称他为"后稷"，他也就是人们所说的"农神"。

传授
讲解、教授学问、技艺。

悦读链接

五谷杂粮

粮食作物是谷类作物（包括稻谷、小麦、大麦、燕麦、玉米、谷子、高粱等）、薯类作物（包括甘薯、马铃薯、木薯等）、豆类作物（包括大豆、蚕豆、豌豆、绿豆、小豆等）的统称，也可称食用作物。其产品含有淀粉、蛋白质、脂肪及维生素等。

栽培粮食作物不仅为人类提供食粮和某些副食品，以维持生命的需要，而且为食品工业提供原料，为畜牧业提供精饲料和大部分粗饲料，所以粮食生产是多数国家农业的基础。

通常，粮食作物也是农作物中的主导作物，世界粮食作物种植面积约占农作物总播种面积的85%，其中小麦、稻谷和玉米约占世界粮食总产量的80%。中国是世界上最大的产粮国，粮食总产量及稻谷、小麦、谷子、甘薯的产量均居世界前列。

悦读必考

1. 用加点的词语造句。

   令她惊奇的是，她生下的并不是四肢健全的婴儿，而是一个没有五官的肉球。

   _____

2. 小朋友，弃向人们传授耕种的方法，后人尊称他为什么？

   _____

金江圣母三姐妹

游玩
嬉戏玩乐。

金沙江龙王的三个女儿，到苍山洱海间游玩。她们来到凤仪县莲花山下时，山下正闹旱灾。大姐叫两个妹妹先回龙宫，自己一个人留下来为百姓解决引水问题。大女儿化作一个老妇人，深入田野、村寨查看旱情，她看见到处无水栽秧，连人畜饮水都很困难，村民们吃的是稗子饭。

于是，她在莲花山脚化出一股水桶粗的清泉，让山下的坝子栽下了秧，永不缺水。

为了感激大女儿的恩泽，山下的华营、普和、班庄三个村的百姓盖了本主庙，塑了她的像，尊她为本主，封号金江圣母。

龙王的二女儿长得貌美如花，在大理赶三月街的时候，遇上了海东的一个公子董家罗龙。

这个董公子是个好色之徒，他看到龙王的二女儿美貌非凡，就把一朵鲜花插在她的头上。二女儿觉得董家罗龙当众出了她的丑，就和三妹到海东去惩罚董家罗龙。

姐妹俩来到海东的石子山，正遇大旱，二女儿不忍心勤劳善良的百姓受难，就下了一场大雨，让山腰涌出清泉，使山下永不干旱。姐妹俩惩罚了董公子之后，就回到了石子山，二女儿看到这里

恩泽
指恩惠赏赐，比喻恩德及人，像雨露滋润草本；亦称帝王或官吏给予臣民的恩惠。

惩罚
处罚。

风光秀丽，就在山上的慈云溪住下。

山下的几个村子的百姓知道之后，就为她盖了本主庙，尊她为本主，封号慈云普润金鸾圣母。二女儿尊为本主后，怕小妹**孤单**，就派了身边的五仲爷陪小妹去青龙山住。

小妹到青龙山之后，为当地的村民引水施雨，也被尊为本主，封号金灵圣母。

后来，金江龙王来看望他的三个女儿，看到苍洱风光迷人，三个女儿又有点孤单，于是就决定留在青龙山住下。

每年农历正月初五至二十五日，是金江三姐妹的本主节。**届时**，她们所在的十个村子要唱大本曲、耍狮、耍龙。

因这金江三姐妹喜欢春游，所以在本主节期间，每个村子都要用轿子轮流接送金江三姐妹的塑像，待游完十个村子，再将其塑像送回各自的本主庙。

孤单
单身无靠，感到寂寞。

届时
到时候。

悦读链接

金沙江

金沙江是中国长江的上游，长江江源水系汇成通天河后，到青海玉树县境进入横断山区，开始称为金沙江。

金沙江流经云贵高原西北部、川西南山地，到四川盆地西南部的宜宾接纳岷江为止，干流长度1560千米。

金沙江流经山高谷深的横断山区，水流湍急，向东南奔腾直下，至云南省丽江纳西族自治县石鼓附近突然转向东北，形成著名的虎跳峡，该峡谷是世界上最深的峡谷之一。

悦读必考

1. 小朋友，每年的什么日子是金江三姐妹的本主节？

_____

2. 古时候没有水我们的祖先是多么难过啊，现在我们的水资源也越来越少了，想一想，你需采取哪些节约用水的措施呢？

_____

仓颉造字

相传仓颉在黄帝手下当官。黄帝分派他专门管理圈里牲口的数目、屯里食物的多少。

仓颉这个人十分聪明，做事又认真负责，他很快熟悉了所管的牲口和食物。可是，慢慢地，牲口、食物的储藏在逐渐增加、变化，光是靠着脑袋的记忆就比较困

负责
尽职尽责。

悦读悦好

难了。

可是，当时又没有文字，更没有纸和笔。怎么办呢？仓颉犯难了。仓颉日日夜夜苦思冥想，他想了很多方法，先是在绳子上打结，用各种不同颜色的绳子，表示各种不同的牲口、食物，用绳子打的结代表具体数目。

可是，时间一长，这个方法就不奏效了。这增加的数目在绳子上打个结很方便，而减少数目的时候，在绳子上解个结就麻烦了。

仓颉又想到了一个方法，在绳子上打圈圈，在圈里挂上各式各样的贝壳，来代替他所管的东西。这个方法一连用了好几年。黄帝看到仓颉这么能干，叫他管的事情便越来越多。仓颉这下又犯难了，凭着添绳子、挂贝壳已经不太管用了。

怎么才能不出差错呢？这一天，他参加集体狩猎，走到一个三岔路口的时候，几个老人在为往哪条路走争辩起来。

一个老人坚持要往东走，说东边有羚羊；一个老人要往北走，说前面

苦思冥想
深沉地思索。

奏效
取得成效，见效。

代替
以乙换甲，并起原来由甲或应该由甲起的作用。

差错
错误，过失。

不远的地方可以追到鹿群；一个老人偏要往西走，说西边有两只老虎，如果不及时打死它们，就会错过这个好机会。

及时
不拖延，马上，立刻。

这三个老人怎么会知道哪个方向有哪些动物呢？仓颉感到十分好奇。他上前一问，原来他们都是看见地下野兽的脚印才知道的。

仓颉心中猛然一喜：既然一个脚印代表一种野兽，那么，我为什么不能用一种符号来表示我所管理的东西呢？于是，他高兴得立刻奔回家，开始创造各种符号来表示事物。

符号
记号，标号。

果然，从此以后，他把事情管理得井井有条。黄帝知道后，对仓颉的这一举动大加赞赏，还命令仓颉到各个部落去传授这种方法。渐渐地，这些符号的用法，就推广开了。就这样，文字形成了。

井井有条
形容整齐不乱，条理分明。

之后的几千年里，仓颉所创造的符号也不断地发生着变化，最后发展成今天汉字的模样。

悦读链接

汉字历史

从目前我们能看到的最早的成批的文字资料——商代甲骨文字算起，汉字已经有3600年的历史。由于甲骨文字已经是相当成熟的文字体系，我们可以推断汉字的产生一定远在3600年以前。汉字的发展可以分为两个阶段，即古文字阶段和隶楷阶段。古文字阶段从商代到秦代，按照形体上的特点，又可以分为商代文字、西周春秋文字、六国文字和秦系文字四类；隶楷阶段是从汉代到现代，汉隶是在秦隶的基础上发展而来的，而现代的简化字多数来自历史上的俗字和草书楷化字。

悦读必考

1. 三个老人怎么会知道哪个方向有哪些动物呢？
   _____
2. 小朋友，请把你喜欢的字写一写。
   _____

廪君与盐水女神

氏族
原始社会由血统关系联系起来的人的集体。

在西南方，有座武落钟离山，山上共住着五个氏族的人，他们没有共同的首领，部族间常常为一点儿小事互相争斗。于是，五族的老人聚在一起商量，从各族中推选出一名最有能耐的代表比试本领，谁赢了，谁就是各部族共同的首领。

商议已定，各族都在老人的带领下，选举自己本族的代表。经过几轮选举，务相在巴族中表现最为突出，全族一致推选他代表本族参加比赛。比赛中务相取得了胜利，于是，他就成了首领，人们称他为廪君。

五族的力量越来越强大，可时间长了，原来的洞穴住不下了，山上能吃的东西也越来越少。廪君就决定去寻找新的家园。他们来到一个叫盐阳的地方，就弃舟登岸，想在这地方休息几日，再继续赶路。

盐阳有条盐水河，河里有个盐水女神。这位女神一见到廪君，就产生了爱慕之情，愿意以身相许，和廪君结为夫妻。

廪君虽然也为女神的美貌和风韵倾倒，但如果自己单独留下，会对不起全部族的父老乡亲，思来想去，廪君还是婉言谢绝了女神的请求。

痴情的女神并不甘心，她想用爱情的力量挽留住自己的心上人，便千方百计地阻挠廪君的行程。

廪君实在无计可施，思考了很长时间，终于想出了一个

突出
明显，出众。

洞穴
在土中、在峭壁上或在小丘里挖出来的空间。

风韵
风度，韵致。

千方百计
想尽一切办法，用尽各种计谋。

不得已的办法。

　　这天，廪君派人送给女神一缕青色发丝，说是两人的定情之物。

　　盐水女神毫不怀疑，以为廪君真的回心转意了，便高兴地把青色发丝系在腰间。

　　早晨，当女神变成小飞虫，她腰间那缕青色发丝也随风摇曳。廪君站在地面上，清楚地看到飘荡的青色发丝，他知道，那就是盐水女神，是他曾爱过的人。但是，为了全部族的生存，他拉弓搭箭，朝着青色发丝的方向射去，盐水女神坠入盐水之中。

　　盐水女神死了，其他小飞虫见它们的首领惨死，便飞散得无影无踪，天空又恢复了往日的明亮。大家尽情欢呼，庆贺廪君的胜利。可廪君心里挺不是滋味，他眼里噙着泪花，怔怔地望着逝去的流水，一句话也没说。廪君带领部族百姓，又坐上船，从盐水出发，继续寻找新的家园。

　　后来，他们终于找到一块富饶肥沃的土地，经过几代人的努力，建成了一座雄伟美丽的城市，取名"夷城"。

摇曳
晃荡，飘荡。

无影无踪
消逝得没有踪迹可寻。

富饶
财富充足，物产丰富。

悦读链接

盐女神节

每逢八月初二这一天，清江沿河两岸各家各户都要备办酒席，祭祀厨师之祖"盐女神"。

传说盐女神发明以盐做味，十碗八扣，五味调合，技术高超。后来被君王得知，便召她去给君王做最好吃的饭菜。她给君王做一桌丰盛的酒席，君王饮用之后，连声称赞叫好。

数天以后，君王见她在盐河挑盐水，便问她干什么，她回答说，我是用盐水给您做饭菜的。君王一听，大发雷霆，并声称，"明明是糖好吃，你为什么用盐给我做味吃"，盐女神说不清道理，就在八月初二这一天被君王杀害了。

盐女神有两个弟子，一个姓张，一个姓梅，他俩继续给君王做饭菜，不用盐而以糖做味，并且是白糖加砂糖，蜂糖加白糖，十碗八扣都是糖。君王一吃，觉得很好，可是没吃几天，君王喊叫吃不下去了。

这时张、梅二弟子马上用盐水做味，君王连吃数月不厌。并说："到底还是以盐做味好。"

从此以后，人们为祭祀冤死的厨师——"盐女神"，每当八月初二，各家各户都要大做酒席，十碗八扣，在席上放一碗饭，碗上搁一双筷子，将三杯美酒洒在地上，并在桌子下化钱数张，以祭祀盐女神。

这一天，厨房收拾得干干净净，盐罐子要装得满满的，妇女们要换上整洁的衣服。据传这一天盐女神下凡访察。后来，这位君王被感动了，每年八月初二给屈死的厨师——盐女神让三天位，以表示屈杀盐女神的忏悔之心。

悦读必考

1. 用加点词语造句。

廪君虽然也被女神的美貌和风韵所倾倒，但感到如果自己单独留下，对不起全部族的父老乡亲。

_____

_____

2. 小朋友，是谁把盐水女神射死的呢？

_____

_____

神女瑶姬

神女瑶姬，是王母娘娘的第二十三个女儿，她美丽善良，深得王母娘娘的喜爱。可是，瑶姬偏偏人小心大，多思好动。她嫌待在屋里闷，常悄悄出门玩耍。

一天，王母娘娘心里烦，就来到南天门来散心，恰好碰上瑶姬正拨开白云朝下望。

散心
排除烦闷，使心情舒畅。

王母娘娘怒道："下界苦海无边，你是金枝玉叶，千万下去不得！"

不料王母娘娘越说，瑶姬却越觉得刺耳。她一狠心，决定到下界去！她来到巫山下，碰上很多流离失所的人。

这时候，只见上空乌云滚滚，狂风呼啸，有十二条孽龙正在兴风作浪。

瑶姬心想："东海龙王的属下怎能这样猖狂！"瑶姬赶紧驾云，靠近那些孽龙，好言好语，劝说它们回东海里去，无奈它们不听。

瑶姬再也忍不住了，她从头上轻轻拔下了一支碧玉簪，朝着十二条孽龙一挥，十二条孽龙全死了，坠落到地上。可是孽龙死后还害人，它们的尸体变成了十二座高山——巫山，挡住东去的江水，这里便成了一片海洋。百姓们还是不能安居乐业。瑶姬看到百姓受苦，不忍离开他们，也就留下来了。

后来，大禹到这里来劈山开峡。瑶姬知道了，便

金枝玉叶
旧指皇族子孙，也比喻出身高贵的或娇弱的女子。

兴风作浪
掀起事端，无事生非。

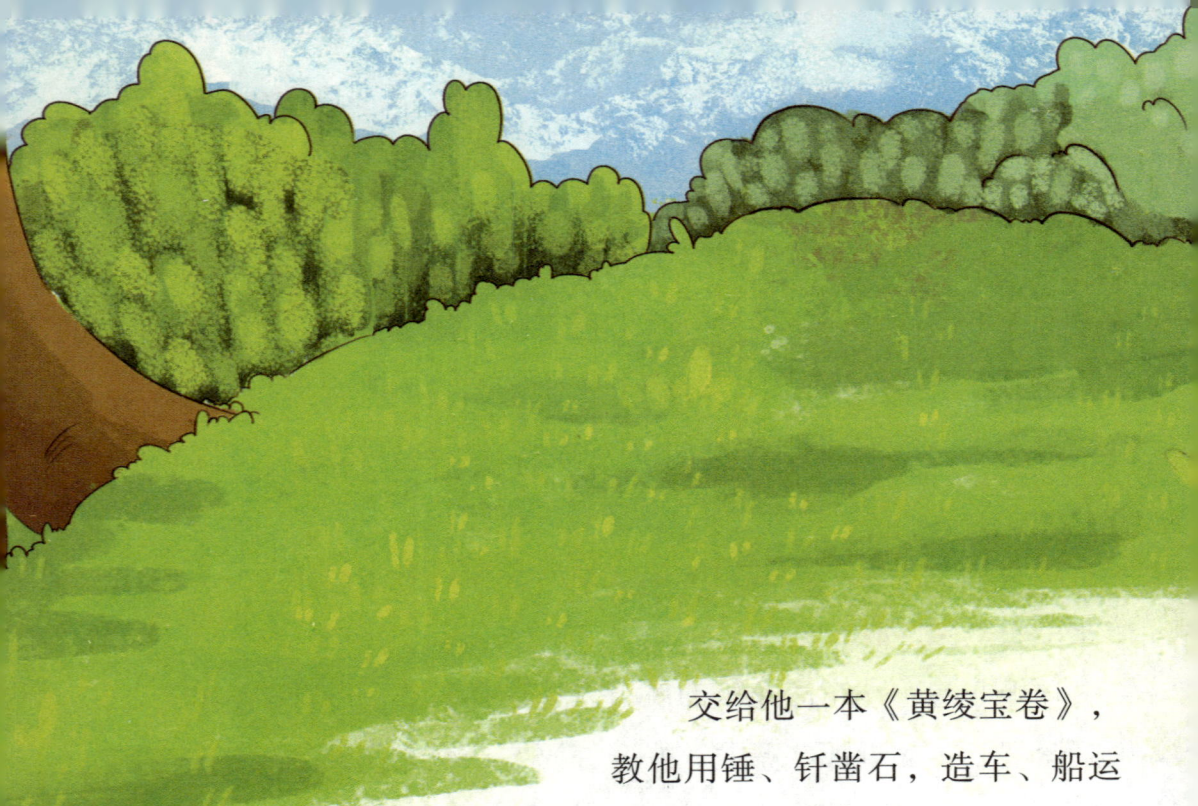

交给他一本《黄绫宝卷》,教他用锤、钎凿石,造车、船运土。大禹在她的帮助下,把峡谷打通了。

王母娘娘知道瑶姬杀死了十二条孽龙,又气又恨。听说她留在荒山野谷,又很心疼。于是,她把天上的二十二个女儿叫到跟前,对她们说:"我想念小女儿,你们快到人间走一遭,把她找回来!"

二十二个仙女便乘云驾雾来到巫山,找到了瑶姬。

姐妹们久别重逢,悲喜交加,姐姐们对她说:"母亲想念妹妹,你还是和我们一起回去吧。"

瑶姬说:"我也想回去,但是却不能,我要照顾受苦的百姓。"

听她这么说,姐姐们都体谅她,瑶姬很高兴,正要劝她们回去,忽见田里的禾苗一片枯黄,瑶姬难过得哭了,流下的眼泪顿时变成了雨,禾苗得了雨水,田里又

悲喜交加

悲伤和喜悦的心情交织在一起。交加,聚集。

是一片青绿。

姐姐们都眉开眼笑，有的觉得应该帮助百姓，愿意陪着瑶姬留下来；也有的离不开母亲，不赞成。

瑶姬数了数，正好对半。她说："姐姐们就一半回天上，一半留人间吧。"于是，大家高高兴兴地分开了。留下来的变成了巫山神女十二峰。

神女峰紧临着长江，耸入蓝天，又叫望霞峰。透过缭绕的烟云，可以看到那峰顶上有一个俊秀美丽的影子，若隐若现，像石头又像人，在天上又在人间，那就是神女瑶姬。

> **眉开眼笑**
> 形容非常高兴的神态。

悦读链接

瑶姬未嫁而死

相传炎帝的女儿在成年的那一年，突然发生了一件不幸的事：她生了一场大病，来势汹汹的病魔很快就将她击倒在地。从此，她就只能躺在病榻上了，显得非常憔悴。渐渐地，炎帝的女儿已经病得站不起来了。炎帝心急如焚，但却束手无策：自己虽是医药之神，但药能医病，却不能让人起死回生。

不久，炎帝的女儿就死了，被安葬在巫山上。因为是神仙，她的香魂飘到姑瑶山化作芬芳的瑶草。瑶草花色嫩黄，叶子双生，果实似菟丝子。女子若服食了瑶草果，便会变得明艳美丽，惹人喜欢。这瑶草在姑瑶山吸收日月精华，修炼成了人形，就是人们一直以来所说的巫山神女——瑶姬。

悦读必考

1. 给下列词语注音。

    （　　）　　（　　）　　（　　）　　（　　）

    刺耳　　　呼啸　　　猖狂　　　坠落

2. 解释下列词语。

    兴风作浪：_____

    安居乐业：_____

望帝化鹃

从前，在蜀这个地方，有一个叫杜宇的男子，他是从天上落到朱提山上的。这个地方还有一个叫利的女子，她是杜宇的妻子，是从江源的地井中出来的。杜宇成年后自立为蜀王，潜心治理蜀这个地方，人们称他为望帝。

望帝宅心仁厚，是一位年轻有为的明君。蜀在他的治理下日益强盛，当地的百姓对他十分尊敬。然而，他一直对一件事耿耿于怀，那就是水患。多年来，望帝在治水上面花了不少的心思，然而收效甚微，他为此特别

宅心仁厚

指人忠心而厚道。宅心，居心。

耿耿于怀

不能忘怀，牵萦于心。耿耿，有心事的样子。

苦恼。

　　一天，望帝去江边查看水情。忽然，他和随从发现江中有一具男尸随着水波上下浮动，越漂越远。他赶紧命人把尸体打捞上来，停放在岸边的草地上。令人惊奇的是，那具尸体被抬上岸，经过太阳一晒，竟然活了过来。

　　他坐在草地上，告诉众人，他叫鳖灵，是楚国人。随从连忙把事情报告给望帝，望帝听后也觉得十分神奇，就走过去和他攀谈。望帝发现这个人有思想，善言谈，更让望帝开心的是，这个人竟然是个治水专家。望帝不是正为治水发愁吗？这个人的到来好比是雪中送炭。

　　望帝想：这肯定是上天看我蜀国水患连年，可怜我蜀国的百姓，才给我送来这么一个助手。于是，望帝立即将这个来历不明的人封为宰相。

　　不久，当地又发了水灾，望帝派鳖灵前去治理。鳖灵不负众望，扩宽了巫峡，使长江得以顺流而下，平息了水患，保住了蜀国百姓的生命财产安全，

攀谈
闲谈；交谈。

雪中送炭
在下雪天给人送炭取暖，比喻在别人急需时给以物质上或精神上的帮助。

不负众望
不辜负大家的期望。负，辜负。众，众人。望，期望。

全国百姓因而称他为蜀国的英雄。望帝已经封鳖灵为宰相，无法再给予他更高的赏赐了，就主动退位，把蜀国交给鳖灵掌管。

鳖灵在成为国君之前，一直谨小慎微，可是，他成为国君后，立刻露出了凶狠、残忍的本性，他马上就霸占了望帝的妻子。

望帝此时已失去权势，心里十分悔恨，却没有任何办法。不久，望帝就抑郁而死。死后，他化为一只杜鹃，日夜哼唱哀伤的曲子，听到歌声的百姓都日日思念他。

望帝生前爱护百姓，死后虽然化作杜鹃，也没有忘了自己的人民。每到清明和谷雨这样的春耕农忙季节，他总是飞到田间地头，提醒百姓赶快耕种，不要错过农时。百姓为了感激他，根据杜鹃啼叫的声音，给他起了个别名，叫"布谷鸟"。

悦读链接

杜鹃花

杜鹃又名映山红、山石榴，为常绿或平常绿灌木。相传，古代的杜鹃鸟日夜哀鸣而吐血，染红遍山的花朵，因而得名。

因为花冠鲜红色，杜鹃花成为著名的花卉植物，具有较高的观赏价值，在世界各公园中均有栽培。中国江西、安徽、贵州以杜鹃花为省花，定为市花的城市多达七八个。1985年5月杜鹃花被评为中国十大名花之六。

悦读必考

1.小朋友，望帝的名字叫什么？

_____

2.杜鹃鸣叫的时候，百姓们该干什么了？

_____

妈　祖

妈祖是一位航海女神，一直以来都被我国福建、广东、台湾一带以及东南亚和海外华人所尊崇。关于这位女神，还有一个美丽的传说呢！

相传，妈祖姓林，住在我国闽南地区，家里共有兄弟姐妹五个，只有她一个女孩。按照当地的习俗，只有男人能出海，女人只能守在家里，所以，即使林姑娘水性很好，也只能在家里帮助妈妈干活。

一天，林家四兄弟出海捕鱼去了。忽然，海上起了百年不遇的大风暴，风将海浪掀起足有几百尺高。村里的人都急坏了，十分担心海上的亲人，却一点办法都没有。起初，林姑娘和父母一起在家里焦急地等待风暴过

尊崇
敬重推崇。

百年不遇
一百年也遇不到一次，形容很少见过或少有的机会。

不省人事
昏迷过去，失去知觉。

如履平地
像走在平地上一样。比喻从事某项活动，十分轻易。

去，可是，风暴根本没有停下来的意思。

过了一会儿，林姑娘忽然双眼紧闭，脸色苍白，**不省人事**。这可把林家两个老人吓坏了！儿子们没有消息，女儿又昏迷不醒。他们颤抖着双手，又推又拽，费了好大的劲，终于把女儿弄醒了。两个老人长舒了一口气。林姑娘却满眼含泪，一言不发。过了一会儿，风暴停了。

又过了几天，林家兄弟回来了，却唯独不见老四。三兄弟含泪向父母叙述了风暴当天的经历。猛烈的海风把他们的船刮到了大海深处，巨大的海浪把他们的船掀翻了，他们都落入了水中。

正在他们叫天天不灵、叫地地不应的时候，一个姑娘踏浪而来，**如履平地**，将三兄弟一个个救了上来，当她还要救老四时，却忽然不见了。于是，老四被海浪吞没了。

林家两个老人这才知道女儿那天为什么会晕倒，原来是去救哥哥了。如果没有把女儿叫醒，老四就不会死了。两个老人为此自责不已。

自此，林姑娘被允许驾船出海，往返于各个岛屿，帮助那些需要帮助的人。多年来，林姑娘凭借自己的水性和菩萨心肠，搭救了不少渔民和过往商人的性命，当地的人都称她为神女、龙女、妈祖。

后来，她升天做了神仙，仍然不忘保护渔船和过往商船的安全。人们为了感谢她，为她修建了"妈祖庙"。

直到现在，妈祖庙的香火还很旺呢！

菩萨心肠
比喻心地仁慈。

香火
供奉神佛或祖先时燃点的香和灯火。

悦读链接

妈祖女神

妈祖本姓林，名默，人们称她为默娘，福建莆田县人。她在人间只活了二十八个春秋，可她的名字，却被人们传诵了一千多年。

传说，默娘自出生至满月，不啼不哭，默默无闻。她从小习水性，识潮音，还会看星象，长大后"窥井得符"，能"化木附舟"，一次又一次救助海难。她曾经高举火把，把自家的屋舍燃成熊熊火焰，给迷失的商船导航。

默娘矢志不嫁，把救难扶困，当作终极的目标。公元九八七年九月初九，她在湄洲湾口救助遇难的船只时不幸捐躯，年仅28岁。她死后，仍魂系海天，每每风高浪急，樯桅摧折之际，她便会化成红衣女子，伫立云头，指引商旅舟楫，逢凶化吉。

千百年来，人们为了缅怀这位勇敢善良的女性，到处立庙祭祀她。自宋徽宗宣和五年直至清代，共有14个皇帝先后对她敕封了36次，使她成了万众敬仰的"天上圣母""海上女神"。

悦读必考

1. 用文中词语填空。

   船员们_____时，遇到了_____的大_____。

2. 小朋友，妈祖女神一共有几个兄弟姐妹？
   _____

3. 小朋友，你会游泳吗？请将你第一次游泳的经历写出来。
   _____

张羽煮海

勤劳
引申为努力劳动，不怕辛苦。

水落石出
水落下去，水底的石头就露出来。比喻事情的真相完全显露出来。

　　从前，海边有一个勤劳善良的渔夫叫张羽。一天，张羽驾着小船出海打渔时，看见一条大蛇正在追赶一条五彩的小鱼。张羽立刻打跑了大蛇，救了五彩小鱼。

　　第二天，张羽打渔回到家时，发现桌子上摆满了美味的饭菜。屋子也收拾得干干净净的，一连两天都这样，第三天也是如此。张羽决定弄个水落石出。

　　第四天，张羽像往常一样，一大早就出了门，但他没有出海，而是在外面转了一圈就悄悄地回去了。他走近房子，凑近门缝一看，天啊！屋里有一个年轻美丽的姑娘正在帮他洗衣服呢！张羽推门进去，那个姑娘吓了一跳，想起身逃走，张羽马上堵住房门。姑娘只好告诉张羽，她是东海龙王的三女儿。那天她化成五彩小鱼出宫游玩，被南海龙王的儿子追赶欺负，幸亏张羽出手救了她。为了感谢张羽的救命之恩，所以她前来为张羽洗衣、做饭。

两个人越说越**投缘**，越说越欢喜，于是私下里订了终身。

投缘
情意相投。

东海龙王听说女儿要和一个打渔的穷光蛋成亲，气得不得了。他对龙女说："你们要想成亲，除非这大海干了！"说完，就把女儿锁进了冷宫。

龙女不能出去见张羽，只好叫她的丫鬟偷偷地去见张羽，并把龙王的话告诉了张羽。

张羽听后发誓说："我一定要把大海煮干，救回龙女！"

第二天，张羽就带着斧头、绳子上

了山。他砍下枯枝，绑成一捆，然后把它们背到海边。到了第七七四十九天，海边堆起了一座高高的柴山。

这时，张羽把干柴点着，然后抛向大海，海里马上燃起了熊熊大火，并传出龙王的嘲笑声："嘿，这个傻小子！你想把大海煮干，那是白日做梦！"

张羽却不理会，他一连煮了七七四十九天，大海终于被煮干了，海底只剩下白花花的盐地和金灿灿的宫殿。张羽大声喊道："龙王，海被我煮干了，快还我龙女来！"

龙王只好乖乖地放出了龙女，两人终于结为幸福的夫妻。

白日做梦
大白天做梦。比喻根本不能实现的梦想。

悦读链接

南海龙王

南海龙王即南海之神（祝融、民间称洪圣爷）的化身。清雍正之前，四海之神均为五行四方之神，雍正别出心裁加封"龙王"二字，而后才有龙王为海神一说。

南海龙王现为道教的神灵之一，源于古代龙神崇拜和海神信仰。因受中国传统文化影响，日本亦有信奉。凡间认为，龙王掌管海洋中的生灵，在人间司风管雨，因此在水旱灾多的地区常被崇拜。大龙王有四位，掌管四方之海，称四海龙王。小的龙王可以存在于一切水域中。龙王形象多是龙头人身。

悦读必考

1. 仿写关联句。

   为了感谢张羽的救命之恩，所以她前来为张羽洗衣、做饭。

   _____

2. 看过这个故事，请想一下，龙女是龙还是鱼？请查阅资料，和小朋友再分享一些关于大海的故事。

   _____

龙女拜观音

传说很久以前，龙王有一个美丽可爱的小女儿，叫龙女。

一天，龙女想去人间看元宵节的灯笼，老龙王很宠爱龙女，就把她变成一个十分好看的渔家小姑娘，然后叫鲤鱼精和虾姑娘陪龙女一起去。

龙女来到人间的一个小镇上，这里的灯笼多极啦！有黄鱼灯、辣椒灯、章鱼灯、南瓜灯，还有珊瑚灯、柿子灯……龙女东瞧瞧、西望望，越看越高兴，不停地往人群里挤。

元宵节
中国传统节日，在每年的阴历八月十五。

悦读悦好
YUEDUYUEHAO

谁知道，"轰隆隆"的雷声响起来了，龙女很害怕下雨，急忙往大海走去。可她找不到鲤鱼精和虾姑娘，也不认识回家的路。

正在龙女不知所措的时候，雨"哗啦哗啦"地下了起来，龙女拼命地往人群外跑，跑到一户人家的院子里，就跑不动了。她扑倒在一堆草上面，变成了一条很大的鱼。

院子的主人听到奇怪的声音，跑到院子里一看，高兴地说："明天把这条大鱼卖了，可以买回很多粮食了。"他很开心地把鱼抱进家，放进水缸里。

龙女听到屋主人这样说，很伤心，在心里默默地对着上天祈祷："各位神仙，快来救救我吧，我以后再也不顽皮了。"

那天晚上，观音菩萨见龙女十分可怜，就对她的侍卫善财童子说："你快到这个渔镇去，把这条大鱼买下来，送回海里。"

善财童子马上骑着一朵白云，

不知所措
不知道怎么办才好，形容处境为难或心神慌乱。措，安置，处理。

祈祷
向神祝告求福。

"呼"的一声，就到了小镇上。

那个院子的主人已经把他捡到的大鱼扛到了集市上，人们从来没有见过这么大的鱼，很好奇地围住鱼看，唧唧喳喳地议论着。

善财童子钻进人群里，对那个主人说："卖鱼的，我要买这条鱼，多少钱啊？"

主人说："五十两银子。"

善财童子从口袋里拿出五十两银子给那个人，抱起大鱼就走。龙女以为自己肯定会被杀掉，害怕得哭了起来，眼泪掉在善财童子的手上，善财童子对她说："不要害怕，小龙女，我是观音菩萨的侍卫善财童子，我是来救你的。"

很快，他们就到了海边，善财童子把大鱼放进海里。大鱼游出老远，然后转过身来，向善财童子点了点头，就游走了。

龙女回到龙宫里，看见龙宫闹翻了天。原来自从龙女不见了，龙王又是生气，又是着急，结果生病了。

龙女见到龙王，哭着说："爹爹，女儿对不起你！"说完就"呜呜"地哭了起来。

龙王见到女儿平安回来，气已经消了一大半，赶快把女儿抱在怀里，说："女儿，你不知道爹爹多担心你！"

龙女见爹爹这么疼自己，想到自己差点死在外面，又伤心起来。龙王赶快让人扶龙女去休息。

后来龙王知道观音菩萨派善财童子救龙女的事情，就让龙女去观音菩萨那里修行，一来可以学法术，二来可以感谢观音菩萨。

观音菩萨很喜欢龙女，让龙女和善财童子像兄妹一样住在附近的一个岩洞里，这个岩洞后来被称为善财龙女洞。

悦读链接

元宵节

元宵节也是中国传统节日中一个浪漫的节日，可以说是中国的另一个情人节。

元宵灯会在封建的传统社会中，给未婚男女相识提供了一个机会，传统社会的年轻女孩不允许出外自由活动，但是过节却可以结伴出来游玩，元宵节赏花灯正好是一个交谊的机会，未婚男女借着赏花灯也顺便可以为自己物色对象。所以元宵节可以说和七夕一样，是地道的中国情人节。

悦读必考

1. 给下列词语注音。

   （　　）　　（　　）　　（　　）　　（　　）

   默默　　　　祈祷　　　　议论　　　　修行

2. 小朋友，你还听说过关于观音的故事吗？给大家讲一讲。

   _____

   _____

北斗七星的由来

天地刚分开时，地上到处一片荒凉。这时候，女娲生下了一男一女。

后来，女娲整天忙着炼五彩石，顾不上照顾自己的孩子，等过了好多天后，儿子得病死了，只剩下一个女儿。

女娲也因为补天累病了，她越想越觉得对不住孩子，病得越来越重。那年偏偏天大旱，一年没下一滴雨，喝水吃饭成了问题。

女娲有病，眼看着就不行了，急坏了十来岁的女儿。为了救母亲，女儿劈开一个最大的葫芦瓢，拿着去找水。

她走啊走啊，也不知道走了有多远，来到了一棵古树下，就坐下歇会儿，刚坐下就睡着了，她梦见了一个白胡子老头。

白胡子老头说："你顺着这棵大树往西再走一段就找到水了，这水能治你母亲的病。"

她按老头指的方向走，走了半天，看见前面真有一汪清水！

她拿起瓢就舀，却怎么也舀不到瓢里。

荒凉
荒芜冷落。形容旷野无人的景况。

悦读悦好

一想到母亲，她急得哭了。哭着哭着，觉得手里沉了。睁眼一看，瓢里的水满满的。她赶紧端起来就走，生怕误了母亲的病。

她不大记得路，走了一会儿，就分不出东西南北了。又走了会儿，她碰上了一条狗，躺在地上一动不动，她看狗可怜，端过瓢来叫它喝水。狗喝了两口，顿时蹦了起来，并示意她和它一块儿走。

她就跟在狗的后面走，心里很高兴，可是光白天走，晚上不能走，不知道母亲的病怎么样了？她急得直哭。

这一哭，惊动了白胡子老头。白胡子老头拿出七块金刚石扔到瓢里，一眨眼工夫，瓢里有了个勺子。老头对她说："勺子指北，你顺着勺子指的方向走吧。"

可是金刚石太沉，走一会儿得歇大半天，还是慢，她急得又哭起来。

白胡子老头过来问为什么，她说："勺子在我水瓢里放着，我端不动。"

白胡子老头说："来，你

生怕
只怕，就怕。

示意
用动作、表情、含蓄的话或图形表示某种意思。

看。"说着,瓢里的七块金刚石飞上了天,变成了星星。

从此,她白天跟着狗走,晚上跟着勺子星指的方向走,终于回到了家,并救了母亲。

女娲问女儿是怎么回来的。女儿说:"是一个白胡子老头做了个指方向的勺子星,我按着勺把儿指的方向往北走,就到了家。"后来,女娲就叫那勺子星为"北走星"。

后来,经过多年的口口相传,人们把"北走星"叫成了"北斗星"。

> **勺子星**
> 指几个星星联在一起有点像勺子的形状。

> **口口相传**
> 口头上一个人传给另一个人。

悦读链接

北斗七星形状的变化

古人把北斗七星作为一种永恒的神圣的象征,难道北斗七星组成的图形永远不变吗?它永远是找北极星的"工具"吗?当然不是这样。

宇宙间一切物体都处在运动变化之中,恒星也不例外。既然恒星也在运动,那么,北斗七星组成的图形当然也在不停地变化。

实际上,这7颗恒星距离地球的远近不同,在60光年~200光年之间,它们各自运行的方向和速度也不尽相同,7颗星大致朝两个方向运行,摇光和天枢朝一个方向,其他5颗基本朝一个方向。

根据它们运行的速度和方向,天文学家们已经算出,它们在10万年前组成的图形和10万年后形成的图形,都与今日的图形大不一样。10万年以后,我们可能就看不到这种柄勺形状了。

悦读必考

1. 请用"口口相传"造句。

2. 小朋友,是谁帮助女娲的女儿取到的水?

鲤鱼跳龙门

从前,有一个地方叫妙峡,那里景色优美,人们过着幸福美满的生活。

有一年,不知从哪儿飞来一条大黄龙,这条龙**作恶多端**。它对人们说:"六月六日是我的生日,你们必须送十头大黄牛、一百头大肥猪给我吃。如果不送来,我就把你们全部淹死!"村子里,有一个聪明美丽的小姑娘叫玉姑。玉姑很勇敢,她决心要杀死那条大黄龙。

一天,玉姑在河边洗衣服,突然听到一群鱼在说话。

作恶多端
所做的坏事太多。

"你们快来，我告诉你们一个好消息。"有一条领头的金色小鲤鱼在河中间叫它的同伴们。

小鲤鱼们都围拢过去问："什么好消息？"

这条领头的金色小鲤鱼说："我听鲤鱼仙子说，谁要是能跳过龙门，谁就能变成一条大龙，像云彩一样可以游到天上去。"

玉姑想：太好了！要是自己变成一条鲤鱼，跳过龙门，不就变成龙了吗？那样就有机会杀死那条大黄龙了。

于是，玉姑决定去请求鲤鱼仙子把她变成一条鲤鱼。

鲤鱼仙子对玉姑说："我知道你为什么来这里，可是你变成了鱼就再也不能变回人了，你可不要后悔啊。"

玉姑毫不犹豫地说："只要能除掉那条大黄龙，为乡亲们除害，我干什么都行！"

鲤鱼仙子见玉姑态度这样坚决，满意地点点头。她朝玉姑喷了三口仙气，玉姑马上变成了一条美丽的红鲤鱼。

红鲤鱼很快游走了，她要到龙门去。

终于到了龙门！龙门真高啊，它横跨在江海之间，高高的堤岸全都是用大石块砌成的，江河的水流汇集在这里倾泻而下，溅起万丈水花，"轰隆隆"的巨响震耳

围拢
从四周向某点聚拢；围绕靠拢。

机会
具有时间性的有利情况，时机。

毫不犹豫
一点也不迟疑。

欲聋，传到很远很远的地方。

红鲤鱼见到许多鲤鱼都在跳，它们都失败了。

那个领头的金色小鲤鱼蹦得很高，可是离龙门还差好多尺呢。红鲤鱼心想，连它都跳不过，自己肯定不行，想着想着急得哭了起来。金色小鲤鱼问她为什么哭，红鲤鱼就把自己的故事告诉了它。金色小鲤鱼听了很感动，就发动其他小鲤鱼帮忙，帮助红鲤鱼跳过了龙门。

红鲤鱼刚跳过龙门，就觉得自己飞了起来，浑身闪着金光，她变成了一条大金龙，像云彩一样在天上遨游。

遨游
畅游，漫游。

水中的金色小鲤鱼们欢呼起来，玉姑朝它们点了点头，飞快地朝家乡飞去。她飞回家乡这天，正是六月六日清晨，乡亲们已经准备了十头大黄牛、一百头大肥猪。那条大黄龙正要张开大口吃呢！

玉姑在空中看得很清楚，她大声对乡亲们说："大家不要怕，让我去收拾这个害人精。"话刚说完，大金龙从天而降，直朝大黄

从天而降
比喻出于意外，突然出现。降，下落。

龙冲去。她张开大口，一下把大黄龙吞进肚子里。

从此，妙峡的人们再也不用担心大黄龙发大水了。为了纪念玉姑，人们还建了一座鲤鱼庙呢。

悦读链接

鲤　鱼

鲤鱼是亚洲原产的温带性淡水鱼，喜欢生活在平原上的暖和湖泊或水流缓慢的河流里。

鲤鱼在冬季（尤其在冰下）基本处于半休眠停食状态，体内脂肪一冬天消耗殆尽，春季一到，便急于摄食高蛋白食物予以补充。深秋时节，冬季临近，为了积累脂肪，也会出现一个"抓食"高峰期，而且也是以高蛋白饵料为主。

因此初春、深秋垂钓鲤鱼，要以蚯蚓、河虾等动物性饵料为主。

悦读必考

1. 造句。

   毫不犹豫

   从天而降

2. 小朋友，是谁帮助玉姑跳过龙门的呢？

水火不相容的由来

很久很久以前，水神和火神都看上了美丽的云女，他俩为争夺云女闹出了矛盾。云女喜欢相貌端庄的水神，看不上长相丑陋的火神。火神气坏了，喷出一口火把云女活活烧死了。

水神听说云女被火神烧死了，难过得如万箭穿心。他想为她报仇，可是能力不如火神大，于是，他就到人间去修行。

这一天，他来到地面上，走来走去来到了一个湖边。这个湖叫兰湖。水神一看，这地方山清水秀，风景优美，就落到了兰湖。

水神非常爱护百姓，经常变成一个少年跟百姓们坐在一起，谈东道西。他爱吹笛子，到了晚上就坐到湖面上吹一曲，老百姓听到笛声，都到湖边来看，见是一个英俊的少年，后来大伙才知道他是水神。

丑陋
（相貌或样子）难看。

万箭穿心
形容极度痛心。

山清水秀
形容风景优美。

中国神话故事

从此人们给他磕头烧香。天旱了，他给人们降雨，让周围的百姓**丰衣足食**。一年一年过去了，水神的笛声越吹越响，四面八方的人都能听到。

火神的一个女儿这一天正闷坐在宫中，突然飘来一阵好听的笛声。她拨开云层往下一看，见兰湖上有个英俊的少年正在吹笛，她越听越爱听，不由得喜欢上了水神。

后来，她经常来到水神跟前听他吹笛子，但是她并没有告诉水神她是谁。渐渐地，水神也喜欢上了她。但这件事最终还是被火神知道了，他不让女儿再和水神有什么往来。仙女**无奈**，只好照办。她待在宫里，想起水神就落泪。

这一年王母娘娘举行蟠桃会，火神喝醉了。仙女一看父亲醉成这样，就溜了出来，到了兰湖。就在这时，水神过来了。他们俩几年不见，十分想念，两人手拉手，仙女哭了，并向他讲述了父亲的事情。水神被她的**诚心**打动，他俩便在人间成了亲。

火神醒来后知道女儿和水神成了亲，更是恨

丰衣足食
服饰丰厚，食物充足。形容生活宽裕。

无奈
没有别的办法。

诚心
诚恳的心意。

悦读悦好

不顾一切
什么都不顾。

支持
支撑，撑住，勉强维持。

水火不相容
比喻二者对立，绝不相容。容，容纳。

上加恨，便<u>不顾一切</u>地来到人间。刚到人间，他正好看见女儿在山上采药，就吹了阵热风过来了。他让女儿和他回去，女儿坚决不回，于是，火神喷出一口火，把女儿烧成一块石头，接着大喊一声："水神，水神！你出来！"

水神一看，妻子已被烧成一块石头，急了，和火神就你喷水，我喷火，打在一起。火越烧越旺，水越来越大。打了半天，火神渐渐<u>支持</u>不住，四面被水包围起来。他觉得自己不行了，拔腿就跑，水神接着就赶，赶到南天门时，被托塔李天王看见了。

托塔李天王看见水神要打死火神，心想：天上不能没有火神。于是，他用手往下一指，一条火龙冲着水神喷出一团火，把水神也烧成了一块石头。

从此以后，水和火不能在一起，如果走到一起，火就会败在水手里。这就是<u>水火不相容</u>的由来。

悦读链接

托塔李天王

托塔天王，姓李，名靖，字药师，历史上确有其人。他是陕西人，是唐初名将，唐太宗时任兵部尚书，因为他战功显赫，封为"卫国公"。

而托塔天王是印度佛教四大天王之一的北方多闻天王，因为李靖在北方与信奉佛教的游牧民族交战多年，威名赫赫，所以游牧民族称他为"天王"，说他是佛教战神多闻天王转世。

悦读必考

1. 仿写关联句。

   水和火不能在一起，如果走到一起，火就会败在水手里。

2. 小朋友，水神和火神之间的斗争谁赢了？

3. 在特定的条件下水火是相容的，小朋友，你相信吗？赶快去查阅一下资料吧。

摇钱树和聚宝盆

很久以前，在东海的一个小岛上，住着三兄弟。三兄弟中只有老大结婚了，老二、老三仍然单身。

一天，老大一家正在家里做饭，忽然听到屋里有人大喊："救命啊！救命啊！"

他们四处寻找，发现声音是从一只装海螺的篮子里发出的。

仍然
仍旧，照样。表示某种情况持续不变。

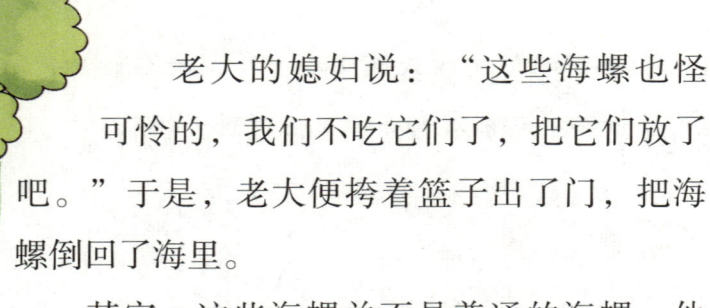

老大的媳妇说:"这些海螺也怪可怜的,我们不吃它们了,把它们放了吧。"于是,老大便挎着篮子出了门,把海螺倒回了海里。

其实,这些海螺并不是普通的海螺。他们是犯了清规戒律的神仙,被玉帝罚到这里的。为了感谢老大夫妻的救命之恩,他们决定送老大家一份厚礼。

第二天,老大起床后,发现门前出现了一棵大树,树枝上还挂着金灿灿的"果子"。老大仔细一看,这哪里是什么果子,分明是金元宝。他走到树跟前,将树轻轻一摇,金元宝噼里啪啦地掉了下来。可是,树上的"果子"一个都不少。

他又看到院子中央的盆里装满了银元宝,不论怎么拿,盆子里都是满满的。

老大媳妇吃惊地说:"难道这就是传说中的'摇钱树'和'聚宝盆'?"老大点了点头。夫妻俩望着眼前的金元宝和银元宝,不知道怎么处理才好。

老二和老三听说老大有钱了,十分眼红,都跑到老大家,想要分一些财宝。

老大看着他们说:"这些意外之财,谁也不要惦

清规戒律

本义是佛教、道教寺院中僧尼必须遵守的规章制度,现在则用来比喻束缚人的不必要的规定与限制,有贬义。

噼里啪啦

形容连续不断的爆裂、拍打等的声音。

记，靠自己的劳动，才能活得安心。"说完，老大就挑着水桶干活去了。

老二和老三可不像老大那样想，他们见老大走了，两人一商量，决定把老大家的财宝偷走。

当天晚上，老二和老三等到老大家睡着了，便带了箩筐、绳子，悄悄溜进了老大家。他们打算先把摇钱树偷走。

可是，摇钱树又高又大，兄弟俩使足吃奶的劲儿，大树仍然纹丝不动。老二、老三只好去搬聚宝盆。聚宝盆深深陷在泥土里，兄弟俩憋出了一身的汗，也不能把聚宝盆搬出来。

最后，老二、老三只好偷出满满一筐的金元宝和银元宝，趁着月色来到海边。然后，搬出一艘早已准备好的木筏，连夜出海向县城划去。

两人上了岸，又累又饿，几乎晕过去。老二说："你先看着这些元宝，我去买点东西回来吃。"说完，他拿出一锭银元宝，向县城的集市走去。

有钱的感觉真好啊！老二在县城里最大的酒楼点了一桌子的美食，自斟自饮，十分得意。他一边吃，还一边盘算："要是老三死了，我就可以独占这些财宝，天天吃香喝辣了。"想到这，他又叫了一些酒菜，让店家包好。随后，他又去买了一趟药。

惦记
经常记在心里，总是想着。

纹丝不动
一点儿也不动。

木筏
用长木料捆扎成的筏子。

自斟自饮
自己给自己倒酒喝，形容十分悠闲。

心术不正
人的心地不正派，居心不良。

先下手为强
先于他人行动，可以取得优势。

虚情假意
虚假的情意。形容不真诚，做作。

唉声叹气
因伤感、烦闷或痛苦而发出叹息声。

称心
适意，合乎心愿，产生愉快感和满意心情的。

老三在海边也没闲着，他想："二哥这人心术不正，没准什么时候就会独吞这些财宝，与其让他宰割，不如先下手为强，先把他给解决了。"想到这，他从海边捡来一块坚硬的石头，藏在身后，等着老二回来。

过了一会儿，老二满身酒气地回来了，他虚情假意地说："兄弟，快来看看我给你带了什么好吃的。"

等老二走近了，老三忽然举起准备好的大石头，用力向老二头上砸去。老二被老三打倒在地，再也没有起来。

老三见老二死了，松了一口气。他看到老二给自己带来的酒菜还好好地搁在地上，就走过去大吃起来。一边吃，一边盘算着怎么花这些金元宝和银元宝。

忽然，他的肚子疼得很厉害，他扔掉酒菜，抱着肚子满地打滚。原来，老二买了毒药，放在了带来的酒菜里。老三疼得翻滚了一会儿，脸色越来越差。终于，他的气息越来越微弱，最后不动了。

老二、老三偷走金元宝和银元宝的第二天，老大就发现了家里的异常。

老大唉声叹气，不停地说："这些宝贝害得我们兄弟失和，留着也是祸患，还不如把它们该砍的砍，该埋的埋。以后换一个称心的家什，帮我干点活。"老大的媳妇听了也深表赞同。

第二天一大早，老大照例去挑水，忽然发现原来长摇钱树的地方放着一张渔网，网眼密密匝匝，网绳又粗又结实。

　　老大的媳妇忽然大喊："快来看啊！好大的一艘渔船！"老大跑到后院，在原来放聚宝盆的地方放着一艘崭新的渔船，篷、舵、橹、篙等部件样样俱全。

　　从此，老大就带着媳妇和儿子出海打鱼，过着幸福美好的生活。

密密匝匝
密集的，茂密的，满满的，形容密集。

崭新
非常新，簇新。

悦读链接

聚宝盆

　　据传，明朝洪武年间，沈家村有个财主沈万三，家有土地九顷，雇用长短工十多人。

　　有一年大旱，草木将要旱死，可是沈万三家中的割草佣人，每天都割一捆油绿鲜嫩的草。日子长了，沈万三感到很奇怪，就问割草人："天这么旱，怎么割来这么多好青草。"但是，佣人没把割草的地方如实告诉沈万三。

　　沈万三一连几天跟在割草人后边，偷偷看着，见他每天都在沈家村北一华里处的沈家桥底睡觉，睡到中午无人时，才去村北牛蛋山上去割草。

　　一天，沈万三强令割草人领他去割草的地方，一看岭上有一片圆形的草地上长着绿油油的草，于是就让割草人割，割后随即又出来了，割得快，长得快。沈万三感到很奇怪，左思右想明白了，此山西南靠凤凰山，凤凰不落无宝之地。第二天，沈万三带着两人到那里挖出了一个铁盆，沈万三就用此盆洗手洗脸。

一次沈万三的儿媳妇洗脸时，不慎把戒指丢进盆中，越捞越多。沈万三知道后，认为此盆是件宝物。从此，沈万三借助宝盆的神奇之处，变成了闻名天下的大富豪。

悦读必考

1. 解释下列成语。

    心术不正：_____

    唉声叹气：_____

2. 小朋友，文中的老二和老三怎么死的呢？

    _____

3. 想一想，你会向三兄弟中的谁学习呢？学习他的什么？

    _____

山鹰遮阴鹿喂奶

夺目
光彩耀眼。

炎帝的母亲女登，有一天晚上做梦梦见天上的太阳落到了自己眼前，并发出夺目的光焰，热气灼人。炎帝的母亲女登从梦中醒来之后，便怀孕了，怀胎一年零八个月才生下一个男孩。

分娩的时候，在她家附近忽然出现了九口井，并冒出了九股泉水，这九口水井清澈见底，水味甘冽，而且，这九口井彼此之间相互连通，汲一井而其他八井全动。

这些奇异的现象，引起了乡邻们的纷纷议论。有的人说："这个孩子是火星投胎，一生下来就带来了水，有火有水，好上加好，这孩子将来长大一定会取得非凡的成就的。"

也有的人说："这孩子一生下就带来九口井，肯定是个不好的兆头，将来一定会被大水给淹死的！"

女登听了人们的议论之后十分不安，她在心里默默地想：自古以来，水火就是互不相容的，于是，她思来想去，最终决定给自己生下的这个孩子取名炎帝：火上加火，就不怕水了。

在那个时候，人们靠兽肉和野果过日子。当时，女登也每天带着自己的孩子上山去采集野果。她把孩子放在繁花似锦、清香扑鼻

兆头
事先显现出来的迹象。

繁花似锦
许多色彩纷繁的鲜花，好像富丽多彩的锦缎。形容美好的景色和美好的事物。

的向阳的草地上让他在那儿酣睡，自己则翻山越岭寻找食物去了。

号啕大哭
放声大哭。

孩子一觉醒来，饿得号啕大哭。他的哭声如同幼鹿哀鸣，又好像是雏鹰的啼叫。母白鹿和山鹰听见了，急忙应声而来。母白鹿躺在地上，摆开腿脚，给孩子喂奶；山鹰也张开翅膀，为他遮风挡雨。以后，只要这个孩子的母亲没有在他身边，它们都自愿前来照顾。

炎帝受到如此照顾，长得很好，十分健康。他聪明伶俐，体格健壮，三天就可以讲话，五天就学会了走路，七天就长齐了牙齿，真是十分惹人喜爱，不久他就长成了一个八尺七寸的大汉。

去世
成年人死去。

陵殿
陵墓旁的配殿。

后来，人们为了不忘记白鹿和山鹰对炎帝的哺育之恩，在炎帝去世之后，就把他安葬在常有白鹿出没的白鹿原，并在炎帝陵殿内塑了一座白鹿和山鹰的石雕，以作纪念。

悦读链接

茶的传说

湖北省神农架地区关于神农氏的传说故事极为丰富多彩。炎帝神农氏在这一带搭架采药、惩恶扬善、为民谋利的事迹，在这里家喻户晓，人人皆知。

在神农架，有一个流传极广的故事：一次，神农氏采药尝百草时中毒，生命垂危，他顺手从身旁的灌木丛中扯下几片树叶嚼烂吞下去，用以解饥疗渴。奇迹出现了，这几片树叶救了神农氏的命。于是，神农氏将这种树叶命名为"茶"，并倡导植茶、喝茶。

悦读必考

1. 写出下列词语的近义词和反义词。

   清澈：近义词（　　　　）　　反义词（　　　　）

   奇异：近义词（　　　　）　　反义词（　　　　）

   非凡：近义词（　　　　）　　反义词（　　　　）

   聪明：近义词（　　　　）　　反义词（　　　　）

2. 解释下列词语。

   繁花似锦：_____

   号啕大哭：_____

3. 动物也是有灵性的，大家应该爱护每一个生命。小朋友，你准备以后怎么爱护动物呢？请写下自己的计划。

   _____

   _____

湘妃竹的由来

相传尧舜时代，湖南九嶷山上有九条恶龙，住在九个岩洞里，它们经常到湘江玩乐，以致洪水暴涨，庄稼被冲毁，房屋被冲塌，老百姓叫苦不迭。

舜帝关心百姓疾苦，得知恶龙祸害百姓，他饭也吃不好，觉也睡不安，一心想要到南方去帮助百姓除害。

舜帝有两个妃子——娥皇和女英，是尧帝的两个女儿。她们虽然出身皇家，但她们深受尧舜的影响和教诲，并不贪图享乐，而总是在关心着百姓疾苦。她们对舜这次远离家门依依不舍。但是，想到是为了给湘江的百姓解除灾难和痛苦，还是强忍着内心的离愁别绪送舜上路了。

舜帝走了，娥皇和女英就在家等待着他征服恶龙、凯旋的喜讯。可是，一年又一年过去了，舜帝依然杳无音讯，她们担心了。

娥皇说："莫非他被恶龙所伤，还是病倒他乡？"

女英说："莫非他途中遇险，还是山路遥远迷失方向？"

她们思前想后，决定前去寻找。于是，娥皇和女英迎着风霜，跋山涉水，到南方湘江去寻找丈夫。

叫苦不迭
不断地叫苦。

离愁别绪
离别时愁苦的心情。

杳无音讯
查无音信。

跋山涉水
形容远道奔波之苦。

翻越千山万水,她们来到了九嶷山。她们沿着大紫荆河到了山顶,又沿着小紫荆河下来,找遍了每个山村。

一天,她们来到了三峰石,看到那儿耸立着三块大石头,翠竹环绕,有一座由珍珠垒成的高大的坟墓。

她们十分诧异,便问附近的乡亲:"是谁的坟墓如此壮观美丽?"

乡亲们含着眼泪告诉她们:"这便是舜帝的坟墓,他从遥远的北方来到这里,帮助我们斩除了九条恶龙,使人们过上了安乐的生活,可是他却积劳成疾病死在这里了。"

原来,舜帝病逝之后,湘江的父老乡亲们为了感激舜帝的厚恩,特地为他修了这座坟墓。九嶷山上的一群仙鹤也为之感动了,它们不分朝夕地到南海衔来一颗颗灿烂夺目的珍珠,撒在舜帝的坟墓上,便成了这座珍珠坟墓。三块巨石,是由舜帝除掉恶龙用的三齿耙插在地上变成的。

积劳成疾
谓长期劳累而患病。

朝夕
早上和晚上,日日夜夜。

悦读悦好

抱头痛哭
指十分伤心或感动,抱头大哭。

娥皇和女英得知实情后,抱头痛哭起来,一直哭了九天九夜,她们把眼睛哭肿了,嗓子哭哑了,眼泪流干了。最后,哭出血来,死在了舜帝的坟墓旁边。

娥皇和女英的眼泪,洒在了九嶷山的竹子上,竹子上便呈现出点点泪斑,这便是"湘妃竹"。

悦读链接

娥皇和女英

尧见舜德才兼备,为人正直,办事公道,刻苦耐劳,深得人心,便将其首领的位置禅让给舜,并把两个女儿娥皇、女英嫁给舜为妻。

二女嫁舜,究竟谁为正宫,谁为妃子,尧和夫人争论不休。最后决定了一个办法,据说当时舜王要迁往蒲坂,尧命二女同时由平阳向蒲坂出发,哪个先到哪个为正宫,哪个后到,哪个为偏妃。

娥皇、女英听了父王的话,各自准备向蒲坂进发。娥皇是个朴实的姑娘,便跨了一头大马飞奔前进,而女英讲排场,乘车前往,并选由骡子驾车,甚觉气派。

可是正值炎夏,牲口浑身淌汗,路过西杨村北,遇一溪水,二女休息片刻,让牲口饮水解渴,以便继续赶路。

在行进中,不料女英驾车的母骡,突然要临盆生驹,因此车停了。这时娥皇的乘马已奔驰在遥远的征途,而女英受了骡子生驹的影响,落了个望尘莫及。

正宫娘娘的位置为娥皇所夺取，女英气愤之余，斥责骡子今后不准生驹。因此传说骡子不受孕，不生驹，都是女英封下的。

悦读必考

1. 写出下列词语的近义词和反义词。

   痛苦：近义词（　　　　）　　反义词（　　　　）

   诧异：近义词（　　　　）　　反义词（　　　　）

   壮观：近义词（　　　　）　　反义词（　　　　）

   安乐：近义词（　　　　）　　反义词（　　　　）

2. 造句。

   依依不舍

   _____

   跋山涉水

   _____

   积劳成疾

   _____

3. 你还知道舜的其他故事吗？查找资料，和大家分享一下。

   _____

   _____

配套试题

一、读拼音,写汉字。

宇（　zhòu　）　　疲（　bèi　）　　（　fù　）予　　（　céng　）经

（　bì　）难　　（　tòng　）苦　　（　wēi　）峨　　敬（　yǎng　）

二、比一比,再组词。

爱（　　）　　扶（　　）　　躯（　　）
暖（　　）　　携（　　）　　躲（　　）
暧（　　）　　摸（　　）　　射（　　）
缓（　　）　　折（　　）　　身（　　）

三、连线组词。

盘古　　　补天　　　　　仓颉　　　治水
女娲　　　救母　　　　　大禹　　　伐桂
愚公　　　开天辟地　　　吴刚　　　奔月
沉香　　　移山　　　　　嫦娥　　　造字

四、仿写关联句。

1. 这个怪兽十分可怕,身子有小山那样高,长得有点像龙,又有点像麒麟。

仿写：＿＿＿＿＿＿＿＿＿＿＿＿＿＿＿＿＿＿＿＿＿＿＿＿

2.风伯和雨师，一个刮起漫天狂风，一个把应龙喷的水收集起来。

仿写：＿＿＿＿＿＿＿＿＿＿＿＿＿＿＿＿＿＿＿＿＿＿＿＿

五、选词填空。

感动　　激动

1.同学们听了战斗英雄（　　）人心的报告后，都深受（　　）。

征服　　克服

2.中国登山队（　　）了重重困难，终于（　　）了珠穆朗玛峰。

顽强　　坚强

3.（　　）的武警战士个个都有（　　）的战斗精神。

六、把下列句子改写成被字句。

1.他一怒之下，一头撞向了不周山，把不周山给撞塌了。

＿＿＿＿＿＿＿＿＿＿＿＿＿＿＿＿＿＿＿＿＿＿＿＿＿＿

2.十个太阳像十个火团，它们一起放出的热量烤焦了大地。

＿＿＿＿＿＿＿＿＿＿＿＿＿＿＿＿＿＿＿＿＿＿＿＿＿＿

七、用下面的词语造句。

非凡　＿＿＿＿＿＿＿＿＿＿＿＿＿＿＿＿＿＿＿＿＿＿＿

恰好

_____

依依不舍

_____

八、写一写。

　　春天来了，你一定有很多美丽的发现吧？以"美丽的春天"为题写一篇小短文吧！

参考答案

盘古开天地

1. 孕育 2. 略 3. 略

女娲补天

1. 痛楚 开心 安静 热闹 2. 共工撞的。女娲用五色石子熔化成的石浆补的天。

后羿射日

1. 略 2. 天上有十个太阳。后羿把太阳射下来的。

煮海治龙王

1. wēi rán yì lì diào qiǎn 2. 纺花仙女。

洛水女神宓妃

1. 黯然 2. 门当户对：指婚嫁的男女双方家庭条件和各方面都般配。 良辰美景：美好时刻，景色宜人。

夸父追日

1. 略 2. 略

嫦娥奔月

1. 仰望 皎洁 2. 王母娘娘。

大禹治水

1. 维持：维护，使持续下去。 威胁：用武力、权势胁迫。 2. 伏羲送禹一幅《八卦图》，河神冯夷送禹一幅《河图》。

年的故事

1. 芜 燃 畜 慰 2. 略

共工怒触不周山

1. 颛顼是黄帝的孙子，共工的女儿叫后土。 2. 略

女娲造人

1. 女娲造的人。后人称她为"神媒"。 2. 略

神农尝百草

1. 冥思苦想：深沉地思索。 起死回生：救活垂危的人。形容医术高明。 2. 灵芝草救了神农的命。

愚公移山

1. 太行山和王屋山。 2. 略

"轩辕"的由来

1. 车 2. 略

133

黄 帝

1. 漂泊　通晓　2. 黄帝是在沮水河畔的沮源关降龙峡出生的。

黄帝与十二生肖

1. 略　2. 因为老鼠间接救了黄帝一命，所以就让它得了第一名。

黄帝大战蚩尤

1. 施展　狂风暴雨　2.《阴符经》　3. 略

天狗吃月亮

1. 略　2. 目连的母亲最后变成了一只恶狗。

盘瓠与高辛少女

1. 踪　履　诺　诧　2. 变成了龙狗。

伏羲教打鱼

1. 约定　规矩　2. 是龙王不准伏羲用手捉鱼的。

牛郎织女

1．恼羞成怒：因烦恼羞愧到了极点而发怒。　腾云驾雾：乘云雾而行。比喻速度迅疾。　2. 是王母娘娘把牛郎和织女分开的。

百鸟之王少昊

1. 少昊的母亲是皇娥。他建立了一个鸟的王国。　2. 略

大禹出世

1. 忍受　折磨　事业　2. 略

沉香救母

1. 塑像　缔结　哀求　巡按　2. 惊动了太白金星。

后稷的传说

1. 略　2. 后人为了纪念他，尊称他为"后稷"，他也就是人们所说的"农神"。

金江圣母三姐妹

1. 每年农历正月初五至二十五日，是金江三姐妹的本主节。　2. 略

仓颉造字

1. 他们都是看见地下野兽的脚印才知道的。
2. 略

廪君与盐水女神

1. 略　2. 是廪君把盐水女神射死的。

神女瑶姬

1.cì ěr　hū xiào　chāng kuáng　zhuì luò　2.兴风作浪：掀起事端，无事生非。　安居乐业：居住安定，乐于从事自己的职业。

望帝化鹃

1.望帝的名字叫杜宇。　2.耕种。

妈 祖

1.出海 百年不遇 风暴 2.四个 3.略

张羽煮海

1.略 2.略

龙女拜观音

1.mò mò qí dǎo yì lùn xiū xíng 2.略

北斗七星的由来

1.略 2.一个白胡子老头帮助女娲的女儿取到的水。

鲤鱼跳龙门

1.略 2.金色小鲤鱼和其他的小鲤鱼帮助玉姑跳过龙门的。

水火不相容的由来

1.略 2.水神赢了。 3.略

摇钱树和聚宝盆

1.人的心地不正派，居心不浪。 因伤感、烦闷或痛苦而发出叹息声。 2.略 3.略

山鹰遮阴鹿喂奶

1.清净 浑浊 奇特 普通 杰出 一般 伶俐 笨拙 2.略 3.略

湘妃竹的由来

1.悲伤 愉快 惊诧 冷静 壮丽 渺小 安宁 忧患 2.略 3.略

配套试题

一、宙 愆 赋 曾 避 痛 巍 仰 二、略
三、

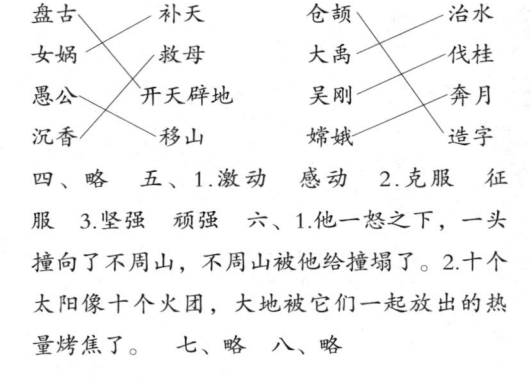

盘古 —— 开天辟地 仓颉 —— 造字
女娲 —— 补天   大禹 —— 治水
愚公 —— 移山   吴刚 —— 伐桂
沉香 —— 救母   嫦娥 —— 奔月

四、略 五、1.激动 感动 2.克服 征服 3.坚强 顽强 六、1.他一怒之下，一头撞向了不周山，不周山被他给撞塌了。2.十个太阳像十个火团，大地被它们一起放出的热量烤焦了。 七、略 八、略